ピエール・ロチ　珍妙さの美学

遠藤文彦著

法政大学出版局

目次

第二章　交通と落下――『秋の日本』　67

序

本書はピエール・ロチが日本をめぐって書いた書物、いわゆる彼の日本三部作を筆者なりに読んでみた、その試みの記録であり、本来断片的であったその読みに若干の体系的な体裁を施したうえで一冊の本にまとめたものである。

日本におけるロチの作品受容はかなり早い時期にさかのぼり、すでに明治二〇年代半ばには日本関連のものが翻訳されはじめている。大正以降、とくに昭和の大戦前から戦後にかけては日本関連の作品にかぎらず、小説一般、日記、紀行文等がおおいに翻訳され、広く読者に供されるようになった。文壇においては、芥川、荷風、三島らをはじめとする作家たちに読まれ、それなりの影響を与えた一方、学問的には、主に翻訳者たちによって実証的な研究が進められ、とくに戦後、比較文学ないし比較文化論的な研究が少なからず見られた。

しかしながら七〇年代から八〇年代にかけてを見ると、文学理論や批評方法の大規模な刷新があったにもかかわらず、その間に生れた新しい方法や感覚に基づいて読まれることはまったくといっていいほどなかったように思われる。今日にいたっては、どんな形であれロチが読まれるということがなくなってしまったようだ。いまや書店に行って、その場でただちに手に取ることのできるロチの書物は、二〇〇〇年二月に刊行された工藤庸子氏の意欲的な翻訳『アジヤデ』を除けば皆無といっていい。この点本国フランスでの状況は（それでも一九八〇年代半ば以降のことにすぎないのだが）、日本のそれとは大きく異なっていることを言い添えておこう。(1)

本書では、ことさら今述べたような新しい読み（といっても今日でもなお新しいといえるかどうか定かではないが）の特定のどれかを自覚的に取り入れているわけではない。その意味で本書の読みは、方法論上厳格に統一されているものではなく、混淆を免れてはいないであろうが、記号論的なものであれ主題論的なものであれ、いずれ内在的と称しうる読みであるにはちがいない。また、批評的試論である以上、素朴な読書とは性質を異にし、（ロチが日本と日本人についてそう想いを漏らすであろうように）妙に穿ったところ――「こまごまとして、わざとらしく、気取ったような petit, mièvre, mignard」ところ――もあるかもしれない。しかしながら本書の読みは、自己投影的な読み、感情移入的な読書に通じる回路を完全に遮断するものではない。むしろ、一般には月並み、女々しさ、感傷のそしりを恐れて口に出しがたいものに対して開かれ、さらにはそのようなものへのある種の加担に貫かれてさえいる（紋切り型についていえば、ロチはまさしく紋切り型の大いなる生産者ではあるが、同時にそのひどい犠牲者でもある）。

内在的というのと矛盾するようだが、本書の執筆をうながしたそもそもの誘因、筆者の読みをたえず導いた霊感（？）は、作品のいわゆる指向対象《レフェラン》、テクストが言及している場所ないし土地、すなわちほかならぬ長崎から発していることを記しておきたい。以下の読みの主要なモチーフとなっている独特の凋落的エートス、中性的様態、それとともに、つねになおどこかに珍妙かつ新鮮な発見をしまい込んでいるように見える尽きせぬ補遺性は、ほかならぬかの都市そのもの——迷宮的街路、造ったような自然、家並み、光、影、空気、人々……——のそれであり、これは当の作品のみならず、その作者にも通じる特徴であるように思われた。同じひとつのテクストが、作品、作者、土地を貫いているとでもいうべきか。

いまどきなぜロチを読み、ロチをめぐって書くのかといえば、往時はメジャーであったが今はマイナーとなってしまった作家の復権をことさらに求めようというのではない。ここにはまず、今や読まれなくなってしまった作品をとにかく読み返してみようという偶然に由来する思いつきがあり、ついでそこに、筆者がロチを読むことのうちに見出した面白み（快楽？）を伝えたい、要するに、読者にとりあえず本書を読んでもらい、その結果ロチを読んでみたい——読み直してみたい——という欲求を抱かしめたい、という願いが加わったのである。

最後に、なぜ復権を求めるのではないかといえば、逆説を弄するのではないが、まさしく本書では非今日的で時代遅れなものが俎上に載せられ、本質を欠いたもの、取るに足らないものそのものが取り上げられているからである。これらのネガティブな語彙・主題は、ロマネスクな魅惑を欠いた日本関連の作品を対象としたからこそ浮かび上がってきたものなのかもしれないが、そこに見出された特徴をのちにあらためて見直してみると、そこにはロチの作品全体に普遍的に通じるものがあり、彼のエクリチュールを陰画的に照射するものがあるように思われたのも事実である。

ロチは一八五〇年の生まれであり、その彼が長崎に二度目にやってきたのは一九〇〇年（明治三三年）、満五〇歳の冬のことであった（最初の訪問は一八八五年の夏）。したがって、西暦二〇〇〇年はロチの生誕一五〇年、彼が最後に日本を訪れてからちょうど百年目にあたる。ロチについての書物を著すにあたって、復権がその目的でないという以上、今日しかるべき大義名分はじつのところ見あたらない。そこで筆者としては、この日付上の偶然の一致をもって本書出版のいわば口実にしたいと思う。いかにもとってつけたような理由だが、しかし、日誌や日記のマニアックな読み手であり、また書き手でもあったロチにとって、日付と記念日、ときの偶然の一致こそ、まさにことの本質にも通じる重要な意味を担っていたのではなかったか。

以下に本書の内容を簡単に紹介しておこう。

第一章では『お菊さん』を取り上げる。ロチの日本を扱った作品には**珍妙**（saugrenu）ないし**珍妙さ**（saugrenuité）という語が頻出するが、作者にとっては、その語が読者に向けられた、作品の否定的特徴（本質性の欠如等）の弁明として機能していること（修辞的機能）を指摘した上で、当の否定的特徴をめぐり『お菊さん』というテクストに即して若干の考察を加える。むろんこの考察は、それら否定的とみなされる特徴を、ロチのテクストを構成する独自の美学的原理として肯定的に捉え直すという展望においてなされる。

第二章では『秋の日本』について論じる。はじめに、タイトルにある「ジャポヌリ」という語の意味を明らかにする。「日本的なもの《ジャポヌリ》」と「日本《ジャポン》」はどう違うのか。これを見窮めた上で、**交通**（circulation）と**落下**（chute）とを『秋の日本』という紀行文的テクストにおける主要な二つの形象（あるいはむしろ形象化の原理）として想定し、作品の分析をおこなう。その際交通は、紀行文的テクストにおける、書かれてはいても大抵の場合意識的には読まれることのない下部構造、無意識的インフラストラクチャーと規定される。一方、落下は、交通を規則的に遮断するものとしてはテクストにリズムを導入するもの、交通にとっての不測の事態を象るものという意味ではテクストのイロニーをなすものとみなされる。

第三章では、ロチの日本三部作最後の作品であり、『お菊さん』の後日談ともいうべき『お梅が三度目の春』を取り上げる。お梅さんの「三度目の春」を語るこの物語は、彼女に代表される凋落的身体（それは齢五〇を越えようとする語り手の身体のアレゴリーでもある）をめぐる物語であり、お梅さんの更年期という凋落的経験を結末にもっている。そこでまず**凋落**（caduc）というテーマを取り上げ、それを虚構の魅惑力が通じなくなった脱魔術化された現実——母なき後の凋落的世界——の表象と結びつけて論じる。一方凋落は、言語学的には音素の脱落（eの無音化）を意味しており、ひいては本来弁別的であるべき特徴が無効となる事態を指し示している。言語学的分節化が二項対立の原理に基づくとすれば、凋落のテーマからはおのずと対立の解除、すなわち**中立**ないし**中性**（neutre）というテーマが浮上してくるであろう。そこで章の後半、同じ凋落という問題にかかわりながらも、もっぱら作品に現れたいくつかの中立の形象を取り上げて論じる。

第一章　珍妙さの美学——『お菊さん』

献辞のレトリック

ピエール・ロチの『お菊さん』[1]は、ハインリヒ・ハイネの姪にあたり、のちにモナコ公アルベール一世との再婚によってアリス・ド・モナコとなるリシュリュー公爵夫人に捧げられている。二人はそれまでに互いの住まいを訪問しあい、さしむかいで親密な会話を交わすほどの気のおけない仲になっていたが、とくにロチのほうはこの八歳年下の未亡人にそなわった繊細な感性と包容力のある知性を高く評価し、とりわけその道徳的寛容さゆえに彼女に特別な信頼を寄せていたようである。

当の献辞の中でも、彼女の心の広さを証す一つのエピソードが引かれている。それによると、あるときロチは自分が一人の日本人女性と写っている写真を彼女に見せ、その女性を指して、これはわが家の隣に住んでいた婦人ですといった。その女性が長崎でのロチの同棲相手（オカネサン、すなわち作中のお菊さん＝マダム・クリザンテーム）[2]であることは彼女にも察しがついたであろうに（あるいは察しがついたからこそ）、彼女はくすっと微笑んだだけでなにも口に出していうことはなかった。そこでロチはこの献辞をつぎのように結んでいる。

どうぞあのときと同じ寛大な微笑みをもってわたくしの本をお納めください。そこに危険なものであろうと良いものであろうと、いかなる道徳的意義もお求めになることなく——ちょうど、**あらゆる珍妙さの原産地であるあの不思議の国** [cette étonnante patrie de toutes les saugrenuités] から持ち帰られた、おかしな壺とか、象牙の人形とか、**取るに足らない珍妙な置物** [un bibelot saugrenu] でもお納めくださるときのように。(43)

たとえ遠く離れた異国にあって独身の身とはいえ、寓居に女を囲い無聊を慰めるというのは——そしてそのことを書物にして公にするというのは——、道徳的にみて咎められるところがまったくないとはいえない。もとよりそんなことはロチも十分に承知しており、だからこそ彼は献辞を送る相手に、そしてそれを通して読者に寛容を請うているのであろう。だが、作者はなにを引き合いに、この書物が非難には値しないと述べているだろうか。彼がここで言いたいのは、日本が「あらゆる珍妙さの原産地」だとすれば、日本におけるひと夏の体験を綴ったこの書物も「珍妙な置物」のたぐいにすぎないということ、つまり、なるほど私の作品は見方によっては少々けしからぬ、ときにはごく不謹慎な内容さえ含んでいるかもしれないが、かの国においては一切がこんな調子なのであり、さらにはそのようなことが道徳的に問題に付されている気配すらない、私がこれから物語るエピソードもそんな珍妙な世界の珍妙な一場面にすぎない……といったところであろう。さらに敷衍していうなら、日本に関することはどれもこれも、われわれ西洋人の理性（合理）・常識（共通感覚）・習俗（道徳）からは逸脱しているように見えるが、それらは結局のところ他愛なく罪のないものであり、赦免に値する（あるいはもとより咎めるに値しない）、要するに道徳的ではないが不道徳というほどのことでもない……。作者が「珍妙さ」という言葉によって暗に伝えようとしているのは、およそこんなところではないだろうか。この書物をリシュリュー公爵夫人に捧げ、写真のエピソードに言及する作者は、クリザンテームとの同棲も含めたこの書物の内容が道徳的にみて無害であり、道徳の名において云々するには及ばないということを、あらかじめ読者に告げようとしているのである。

　このように「珍妙さ」という言葉は、読者に対する作者の側からの弁明としてもちだされており、読者を作者との一種の共犯関係に導く契約的な機能を担わされている。つまり作者は、自作品をみずから過小評価してみせることによって読者の雅量に訴え、逆にそれを読者に受け入れさせようとしているのである。

　しかし、この言葉がいずれ否定的な意味あいを帯び、軽蔑的なニュアンスをともなっていることに変わりはない。「珍妙」であるということは、その風変わりな外観ゆえに一定の興味は引くが、結局のところ真面目に取るに値しないということなのだから。この点、この言葉は単なる修辞的戦略的機能を越えて、実質的にロチの日本に対する理解の仕方を表していると考えることもできよう。だが、その場合でも、ロチの日本に対する理解の内容――彼のいわゆる日本観――が問題なのではない。ロチが最初の長崎滞在において日本についてどれだけのことを理解しえていたかというと、それは非常に疑わしい。ある意味ではなにも理解していなかったといっても過言ではないくらいだ。そもそも対象を「珍妙」という言葉で要約してしまうような理解の仕方を、本来の意味で理解と呼ぶことができるだろうか。それはむしろ理解の不可能性、さらには理解の拒否を意味するのではないだろうか。ロチにとって日本は終始神秘的で謎めいた国であり、そう告白するかぎりでは彼も率直であったということができる。しかし実際のところ、彼は対象の理解不可能性（それも、どちらかというと彼自身の理解する能力ないし／および意志の欠如に由来するとおぼしき理解不可能性）を、理解するに値しないものに転化してしまうのであり、しかもそうした行為を短絡的なイデオロギー的説明――人種間の相違の自明性と克服不可能性(3)――によって正当化してしまうのである。要するに「珍妙」という語は、そうしたイデオロギー的無理解、より端的にいえば、排除の身振りを表す記号なのである。

それにしても「珍妙な《ソーグルニュ》」という言葉には独特の味わいがあり、この作品を読む者を魅惑せずにはいない不思議な（まさしく珍妙な）響きがある(4)（《saugrenu》は語源的には塩辛い粒を指し、古くは「山椒は小粒でぴりりと辛い」というがごとき物事の辛辣さも意味した）。われわれはそこに、作者ロチの主観的価値判断とは別に、対象の本質を見抜いた直観があり、さらには（日本が「珍妙さの原産地」であるなら、当の作品もそこから生まれでた「珍妙な」産物なのだから）その対象を描いた作品の理解にも通じる的確な示唆があると感じる。われわれとしてはこの言葉をイデオロギー的言説に属する記号としてではなく（あるいは単にそのようなものとしてだけではなく）、対象に関する的を射た直観を含む語彙として読んでみたい。われわれが「珍妙さ」という言葉を手掛りに吟味しようと思うのは、この語のイデオロギー的含みではなく、作品においてそれが象っている美学的・倫理的形式なのである。

本章では「珍妙さ」について、その一般的語義やコノテーションを参照しながらも、それが作品の中で構成している特殊な、独自の意味を読み取りつつ、さらにそれが作品の形式にいかにかかわっているのかを明らかにしてみたい。以下に見るように、「珍妙さ」はもっぱら、些細なもの、脈絡を欠いたもの、自然らしくないもの、理解しがたいもの、取るに足らないものについて語られている。いずれの場合でも支配的なのは、否定的色合い、軽蔑的響きである。われわれの目的は、この細部の重要性、逸脱の論理、非自然の本性、不可解さの意味、非本質的なものの本質を探ることにある。

細部——その慎みと頑迷さ

「珍妙なもの」の第一の特徴は、それがひとつの集合体の断片的細部をなすということである。それも、有機的全体における不可欠な部分ではなく、むしろ全体の統一を損ない調和を乱す、必ずしも必要でない偶然的——無償の——細部である。

第三七章、日記（正確には「日記《ジュルナル》」ではなく「回顧録《メモワール》」とある）を綴る語り手自身の姿が、少々自虐的に、戯画化されて描かれている。じじつその日記にはまとまった思索の主題もなく、一貫した小説的筋書きもない。

> 私の日記……といっても、そこにあるのは**珍妙な細部** [des détails saugrenus] ばかりで、さまざまな色や、形や、匂いや、音などを、こまごまと書き留めたものにすぎない。（164）

「珍妙なもの」は単に書き留められたもの（《notations》）にすぎず、部分を全体へと統合し、弁証法的・目的論的持続を含意する、固有の意味での描写（description）の対象ではない。また、それは点的、しかもかたくなに点的であり、どこまでもそれ自身でありつづけ、線的な展開を拒む。言い換えれば瞬間的であり、物語的時間には組み込まれない。(5)

有機的全体の不可欠な部分ではない珍妙な細部は、あってもなくても構わない付録のようなものである。語り手の日記は、全体という枠組みをもたず、特定の始まりも終わりもない、無限につけ足し可能な、いわば本体のない補遺（suppléments sans corps）からなっている。物語のレベルでみても、「小説的筋」の萌しのようなものは浮上してくるものの、結局「そこからはいかなる結果も生じてこないだろう」（165）。その代わり、本筋とは関係のないその場その場の些細な出来事が想い起こされるままにつけ加えられる。

たとえば第一一章、フランス革命記念日にあたる七月一四日、語り手はイヴとクリザンテームをともなって諏訪神社に出かける。このシークエンスを論理的にしめくくる行為は「帰る」であり、事実クリザンテームは帰宅し、イヴと語り手は帰艦したことが語られる。しかるに語り手は、当のシークエンスそのものとは有機的関連のない出来事を一つ最後につけ加える。「ああそういえばその晩、最後にもう一つおかしなことがあった」（93）。すなわち、大男のイヴがちっちゃな日本の娼婦の一群につかまって困り果てた場面が突然思い出されたのである。厳格な有機的枠組みがないのであれば、こうした細部は原理的には際限なくつけ足し可能であろう。いわば、あらゆる列挙の最後に「等々」を

右　ロチ．フランス学士院会員の制服で．1891年（41歳）

左　ピエール・ロチ記念碑（諏訪神社横，長崎公園内）
　　辰野隆による銘が刻まれている．

A LA MEMOIRE DE PIERRE LOTI DE L'ACADEMIE FRANÇAISE 1850-1923　SOUVENIR DE SES AMIS DE NAGASAKI

仏國文豪ピエール・ロチ曾て海軍士官と
して此の港に船がかりしたが，偶ま明媚の風
光と羈旅の愁緒がその詩魂を驅って哀切
傷心の情話を綴らしめた．
辰野隆

意味する中断符「…」が付されているようなものだ。

珍妙な細部はしばしば物理的に微小であり、「顕微鏡でもなければちゃんと見えない」（183）。そうした細部は単一の遠近法的空間において、そこに属していると同時に属していない。一定の距離によって成立する奥行のある空間にはポジティブな場所をもたないのである。

第六章、十善寺（現在の十人町）に寓居を構えた語り手は室内の様子を観察する。そこに見えるのは天井や壁（襖）の「白い」平面と、そこに描かれたり刻まれたりしてある「こまごまとした珍奇な細部」（70）である。たとえば、襖には西洋でなら把手があるところに、「指先の形をした小さな楕円形の穴」（同）がある。さらに近づいて見ると、そこに取り付けてある金属性の飾りものに「扇子で扇ぐ女」やら「一枝の桜」やらの細工が施してある。語り手を唖然とさせるのは、日本人がこうして「知覚しがたい装飾を苦労して積み重ねる」（同）ことであり、しかもそれが結果的に「全体として無の状態、まったく飾り気のない状態 un effet d'ensemble nul, un effet de nudité complète」（同）をもたらすことである。室内の一様の白さ＝空白（blanc）は「珍妙なもの」を隠す遮蔽幕ではなく、「珍妙なもの」によってもたらされる全体的効果なのである。ここにあるのは無からの創造ではなく、無の創造である。[6]

そもそも「珍妙なもの」は、隠されているのではなく、そこにありながら極小であったり、思いがけないところにあったりするので知覚しにくいだけである。数日後、「真っ白＝完全に空白 [complètement blancs] だと思っていた」襖を引き出してみると、「二羽一組のコウノトリ」（132）が描かれていた。もとより当の襖自体、あるかと思えばない、いわば亡霊的可動性を備えている――「紙の壁は溝を滑るようになっていて、重ねることができ、必要とあらば消えてなくなることもできる」(60) のだ。

珍妙な細部を観察する視線は近視眼的で、距離や奥行の感覚を必要としないが、意外な視点の移動と的確な焦点の絞り(つまり近づいて見ること)を要求する。第三章、雨の日、まわりを見回すと、「遠景がなく、見通しがきかないせいで、眼の前にあるこの泥にまみれ、雨に濡れた、普段着の日本の一隅のあらゆる細部がかえってよく目にとまる」(59)。

ここに遠近法をもち込もうとすると、かえって焦点が二重化し、空間に歪みがもたらされる。見る主体は遠近感を失って奇妙な眩暈を感じ、みずからの矮小化を経験する。第三五章、マダム・ルノンキュルの庭――「この自然の風景の超小型模型」(156)――にある植木を眺めていると、その「いかにも大木といった雰囲気が視覚を戸惑わせ、遠近感を狂わせる」(同)。こうして語り手は、「それ[=庭]が作り物なのか、あるいはむしろ、見ている自分のほうが病的な幻影に玩ばれているのか」(同)、にわかに分からなくなってしまう。

珍妙な細部は必ずしも物理的に小さいものというわけではない。第四四章、骨董品探しは日本における最大の娯楽であると断じる語り手は、日本の古物商やその交渉の様子を描いてみせる。そこで彼は、自分が「小さい」という形容詞を濫用しており、自分自身それに気づいていることを認める。「だがどうしろというのか。――この国のものごとを描写していると一行につき十回はそれを使いたくなるのだ。小さい、甘ったるい、可愛らしい［petit, mièvre, mignard］——日本は物理的にも精神的にもこれら三つの語に全部収まってしまう……」(182)。

逆に、日本の事物を描写しようとすると、言葉はつねに対象を拡大し、展開させ、美化してしまう。第八章、就寝時の様子を描く語り手は、みずからの描写と現実とのあいだに不可解なギャップを感じとる。「これらのことは、言葉にしていうとみな綺麗に聞こえ、文字にしてみれば心地よく感じられる。——だが、現実にはちがう」(83)。日本の事物を描写すると、「言葉は、正確であるのに、いつも大きすぎ、響きすぎる。言葉は対象を美化してしまう」(84)。

こうしてみると、日本における「小ささ」は、事物の物理的小ささそれ自体というよりも、むしろ拡大・反響・美化を拒み、固有のサイズを維持する傾向の表れ——一種の慎み——であるといえよう。いましがた、珍妙な細部は物語や描写の全体的枠組みに組み込まれない頑迷さを示すと述べたが、言い換えればそれは、そのような細部は執拗にみずからにとどまり、みずからを越えないということである。くだんの違和感は、こうした傾向をもつ日本の事物や現象に対して、それを描写という西洋的レトリックに従って書こうとする語り手が抱く印象なのである。まるで、西洋では描くことが拡大することを含意し、拡大することが美化することを含意するかのように。それゆえ対象の慎み・謙虚・質素は、「卑小 mesquinerie」(51, 174...)・「愚鈍 niaiserie」(62, 228...)・「醜悪 laideur」(51, 81...)と解されてしまうことさえある。

かくのごとき対象と描写のギャップ、それは日本における事物のエートスと西洋における修辞のエートスとのギャップにほかならない。

脱線――不謹慎な統辞

第一一章の冒頭、七月一四日、語り手はロシュフォールの生家で迎えた前年の七月一四日（フランス革命記念日）のことを思い出す。前の年のその日、彼は生家で過ごした子供時代のことを思い出したのだったが、そこで想起された当時の細々とした出来事や場面――夏休みの宿題をした自宅の庭のこと、当時の夢のこと、庭の壁穴に棲んでいた蜘蛛のこと、等々――が、入れ子状に想起の中の想起として語られる。

この一見したところ唐突な感じのする二重の想起は、日本で迎えた七月一四日の騒がしさと前の年に故郷で過ごした七月一四日の静けさとのコントラストを示すために修辞的に導入されている。そうすることで、異国での違和感と望郷の念がよりいっそう効果的に表現されるのだ。すなわち、「そもそもこうしたことをあらためて思い出してみたのは、あれほど静かに、生まれてこの方知っている親しいものに囲まれて過ごした昨年の七月一四日と、ずっと騒々しく、見慣れないものに囲まれて過ごす今年の七月一四日とのちがいを、もっと鮮明に私自身の心に刻むためなのである」（89）。

それにしてもこの中断は、物語的持続においてみるといかにも唐突であり、無意味な脱線であるように思われる。語り手自身このことを十分に承知しており、諧謔的含みをもたせながらも、これを美学的見地から正当化しようとする。

なるほど、クリザンテームの物語の最中にこの子供時代と蜘蛛のエピソードは奇妙である。しかし、**珍妙な中断** [l'interruption saugrenue] はまったくもってこの国の流儀に適うものだ。これはいたるところでおこなわれている。閑談や、音楽や、絵画においてさえも。[…] こんなふうに理由もなく脇道に逸れることほど日本的なことはない。(89)

「珍妙さ」は唐突に出現する無償の逸話であり、物語に脱線をもち込む無用の挿話である。脱線といっても、しかるべき理由のある脱線、多少とも物語の本筋と関係のある脱線ではない。それは一つの流れの中断なのだが、物語の弁証法的持続の一部を誇張的に引き伸ばし、緊張感を増大させる修辞的中断——いわゆるサスペンスのたぐい——ではない。一つのシークエンスを暫時戦略的に宙吊りにするものではなく、単に断ち切るもの、期待=待機させるものではなく、注意を逸らすもの、さらには、期待を裏切るものでさえなく、もとより期待されていなかったもの——文字通り「思いがけないもの=待たれていなかったもの inattendu」(89)——である。この「脈絡を欠いたもの incohérent」(同)は、無関係性そのもののことのようだが、けっして独立した自律的実体なのではない。じじつ、なにかが無関係であるといわれうるには、それが他のなにものかに対して無関係なのでなければならない。珍妙さはあくまでなんらかの関係性の表現なのである。その意味でそれは、統辞論的珍事であり、意味論的一貫性を挫くいわば詩的な介入である。

脱線は通常、なにものかに対する脱線であり、なんらかの文脈を想定する。しかるに「珍妙さ」の逆説の一つは、それが特定のコンテクストをもたないように見えるということだ。たとえば、さきの第一一章でもち込まれた脱線はなにに対する脱線であろうか。クリザンテームの物語に対してであろうか。しかし第一六章の冒頭で語り手がみずから認めているとおり、この物語は「なかなか先に進まない」のであり、そこにはもとより「小説的筋や悲劇的事件がない」(104)。「珍妙なもの」の背景には実質的にはなにもない（あるいは無＝取るに足りないもの（rien）があるというべきか）。「珍妙なもの」は、その空虚を埋める埋め草のようなものである。細部を書き留めるのは、要するに「ほかに仕方がない faute de mieux」（同）からだ。背景それ自体は、そこに珍妙さが綾として浮かび上がる平面的で目立たない地のようなものにすぎない。ちょうど、日本の室内には「珍妙なもの」がしまわれているのだが、その室内自体は一様に白く＝空白で、まったく飾り気のない表面にすぎないのと同じように（第四章、第三五章）[7]。仮にコンテクストらしきものがあったとしても、その拘束力はごく微弱なので、脱線はコードに対する違反という強い意味をもちえない。「珍妙さ」の無償性は絶対的（言い換えればその意味は取るに足らないもの）なのである。

　文脈との従属関係を含意せず、また、標準に対する偏差でもない珍妙な脱線は、異質な空間どうしの出会い、衝突である。先の引用で途中省略した部分には、日本の画が珍妙な脱線の実例としてあげられている。そこには文脈と脱線の主従関係はなく、ものの単なる並置があるにすぎない。それによると、「たとえば、ある風景画家は山と岩の画を完成させてから、描かれた空の真ん中に、平気で円とか菱形とか、適当に縁取りとなる形を線で引き、その中に思いつくまま、脈絡のない、思いもよらないものを描く。たとえば、団扇をあおぐ坊主とか、茶をすする女とか」(89)。

この異質な空間の出会いは、「手術台の上でのこうもり傘とミシンの邂逅」よろしくシュールレアリスム的手法《プロセデ》を思わせもする。技術的にいえば、それは通常両立しない範列的単位どうしの同一平面上での並列であり、パラダイムの展開である。しかるに珍妙なる脱線は、異なる空間に属するものを同一の空間に無理に押し込めるものではなく、ましてやそこで覇を競わせるようなものではない。二つの空間は同一の平面で単に出会っているだけであり、異質性を際立たせながらそれぞれの固有性を維持している。もとより珍妙な出会いは、ある種の超現実主義的な無媒介的出会いとは異なって、ヒステリックな暴力性、奇をてらうような演劇性とは無縁である。同一画面に出会った二つの空間にその自律性を維持させ、そこにむしろ朴訥としたユーモラスな趣を与えているのは、ほかならぬ二つの空間を隔てる抽象的「縁取り encadrement」である。この縁取りが一種の緩衝帯となり、そのおかげで二つの空間は出会いはするが、あくまでそれぞれの他方に対する異質性を維持し、直接的衝突を免れ、一つの空間上に融合することなく、また一つの空間をめぐって争うこともない。

特定の文脈がないとき、そこに浮かび上がるのは事物の無動機な配列である。この作品における無動機な配列の模範的形象は商品の「陳列 étalage」である。第二章、入港した船の甲板に群がる物売りたちの籠や箱などさまざまな容物から出てくる(そしてそこにしまわれる)のは、「思いがけないもの、想像を絶するもの」、すなわち「団扇、履物、石鹼、提灯、カフスボタン、小籠に入って鳴いている生きた蟬、宝石、厚紙の風車を回すはつかねずみ、エロ写真、船員にいますぐ一杯ずつ出せるどんぶりに入った熱いスープと煮物、陶磁器、無数の壺、急須、茶碗、小壜、皿……」(51) である。「思いがけない」のは個々の品々ではなく、それらの品々が隣接する他の品々と取りもつ関係である。こうした事物の列挙になんらかの原理があるとすれば、それはボルヘス的秩序としかいいようがない。しかもそれは閉じられることのない無限の追加――以下省略――をともなう。第一二章や第三四章でも、市中の商店や神社の夜店に並べられた商品（「奇妙な陳列」(97)、「果てしない陳列」(147)）がくり返し描かれている。

脈絡のない配列は人物の取り合わせの中にも生じている。第一二章、語り手と同じように結婚した他の四つのカップルについて、「かりそめに結びついたこれら不釣合いな夫婦たち [couples mal assortis] がそろってわが家に入ってくるのを見るのは滑稽だ」(96)。第一三章、こと日本に関しては語り手の先輩格にあたる長身の同僚「トモダチタクサンタカイ」は、「われわれが構成するこのバラバラな寄せ集め [assemblage disparate] の極めつけである」(100)。第一八章、イヴとオユキとクリザンテームについて、「わが家において彼らの仲睦まじさほど私を面白がらせるものはない。というのも、彼らは好対照 [un contraste] をなしていて、そこから思いがけない状況やおかしな事件が生じてくるからだ」(106)。

珍妙な脱線を構成する統辞は、本来無動機なものであり、特別な意味はないのだが、語り手の視線はどうしてもそこに意味――とりわけ道徳的な意味――を見出そうとする。彼の目には、日本的統辞がいささか良風に反するものと映るのである。

この点、人物の就寝時における並び方は非常に示唆的である。これといった小説的筋もないとはいいながら、語り手とイヴのあいだには一種の嫉妬の感情が生まれ、そこにドラマの萌芽が生じる。(8) 第三四章、イヴを家に泊めてやることにした語り手は、様子をうかがうためにそれとなくクリザンテームの枕を自分とイヴのあいだに置いておく。すると彼女は、「毅然としてなにも言わず、私がうっかり犯した作法の誤りを正すとでもいった風に、それ［＝自分の枕］を取り上げ、代わりに私の蛇皮の太鼓枕を置く」(154)。この「イヴ／語り手／クリザンテーム」という配列においては、中間項である語り手自身が仕切棒をなし、そこに意味――良風美俗の意味――が確立する。(9)

これに対して、第四七章、深夜、泥棒の気配がして語り手は家中を捜索する。そのとき、階下の家主一家が寝ている部屋を抜き足差し足で行きすぎようとした彼が見たものは、ある不謹慎なシンタクスであった。「やや！　彼らは何とも噂の種になりそうな並び方で横になっているではないか！――一番こちら側には、寝姿も可愛らしいマドモワゼル・オユキ［娘］。そのつぎにマダム・プリュヌ［妻］が口をあけ、黒い歯を見せている［…］。それからサトーサンがいて、いまのところミイラのようにじっとして動かない。――そして最後にその隣、一番端っこには、なんと女中のマドモワゼル・デデが！……」(同)。「オユキ／プリュヌ／サトーサン／デデ」の配列においては、適当な仕切棒となるものは見当たらず、明確な意味を認めることができない。ところが、いたるところに意味を見出そうとする語り手は、この意味の不成立にも一つの意味――不道徳の意味――を見出す。「邪推するほうが悪いのかもしれないが、この若い女中は、どうして女主人たちの隣に寝ないのだろう。上のわれわれの部屋では、イヴを泊まらせるとき、同じ蚊帳の下で寝るにしても、もっと作法にかなった仕方で寝るというのに……」(159)。もとより彼も承知している。Honni soit qui mal y pense ――「邪推するほうが悪い」のだ。

珍妙な脱線は、語られる対象のみならず、語りそれ自体においても観察される。第二三章、いつものごとくイヴとクリザンテームをともなって市中を散策していると、とある四つ辻で女の唄うたいが三味線をかき鳴らし、恐ろしい声で唸っている。イヴはそれが「ばけものの声」(115)のようだといって気味悪がるが、彼はその日、語り手に「カササギの巣」(116)みたいな「縁のやたらと跳ね上がった麦藁帽子」(115)を無理に被らされ、それが気に入らなくて機嫌が悪かった。するとそこに、「その唄うたいと帽子のことを一時忘れさす気散じのように」(116)、なにやら妙な行列が通りかかる。イヴはその場で帽子を取る。葬式行列なのである。唄うたいとイヴの不恰好な帽子と葬式行列とのあいだにはなんのつながりもない。だからこそ語り手は判じ絵よろしく、戯れにこじつけて語ってみせているのだ。「気散じ diversion」と説明されているのは、語りにおける脱線の心理的合理化にすぎない。

こうした語りの脱線は例外的なものではなく、組織的に、さまざまな形で持ち込まれているのだが、とくに物語の外部のさまざまな審級への参照において顕著である。第八章(イスタンブールやタヒチの思い出)、第一〇章(ネズミのエピソード)、第二七章(時を告げるムアッジンの声)における『アジヤデ』や『ロチの結婚』など、語り手＝作者自身の他作品への参照、第一一章(七月一四日の回想)や

第三二章（故郷リモワーズの森の想起）における作者の自伝的所与への言及、メタ言語的考察やメタ物語的解説（83, 89, 99, 164, 173, 184...）をおこなう語り手の介入……。この作品における脱線は、多種多様なアナフォール[10]からなり、あらゆる方向に参照しつつ、いわゆる間テクスト的空間を構成しているのである。

模造性[11]——反復と無

「珍妙さ」の第三の特徴は、その人工性、より正確にいえば、自然らしさの欠如にある。リシュリュー公爵夫人に宛てた献辞の中の「珍妙な」という形容詞は、棚などに装飾品として置かれる「置物bibelot」を修飾する語として用いられていた。Bibelot（ビブロ）というのは、本来は中国製・日本製の美術工芸品のことを指すが、しばしば軽蔑的ニュアンスをともない、こまごまとしたがらくたのたぐい、無価値で悪趣味な骨董品などを指す。それは〈美〉の自律的価値に規定される芸術作品というよりも、工芸品、それも実用的価値が後退し、もっぱら二義的な装飾的価値によって規定される工芸品である。

第五三章、出発を間近に控えた語り手は、土産物を求めて長崎のまちを人力車で駆けめぐり、骨董品を買いあさる。そこで目にした品々（人形、玩具、仏像）、建物、街並など、諸々の事物は「奇妙」で「神秘的」で「不吉」な表情——「渋面 grimace」——をしているのだが、それは人々の「絶対的といっていい無表情」や、それらを製作する職人たちの「にこにことして間の抜けた様子」と不可解なコントラストをなしている。彼ら（指物師、彫物師、画工など）はなんの変哲もない顔をしており、無能かと思われるほどだが、そのじつ珍妙な装飾品、すなわち「ビブロ」の製作に秀でている。

目がなく、なんともさえない顔をしたそんな画工たちの誰もが、指先には**この装飾的で、軽く、精神的には珍妙なジャンル**［ce genre décoratif, léger et spirituellement saugrenu］の極意を得ている。その種の絵は、この堕落した模倣の時代にあってわがフランスを席巻しようとしており、またすでにわが国の安物の美術品製造者たちの大いなる発想源となっている。（228）

語り手が「美術品」といっているのはむろん皮肉であり、その本当の意味は、それらは真正なる美術品ではない、ということに尽きる。語り手はここで一種の文明批評を企て、芸術に関するある種の危機感を表明しているわけだが、では、彼にとっての真の美術品、真の芸術作品とは、一体どのようなものなのだろうか。

それは一言でいえば、「堕落した模倣」による製品ではなく、対象＝自然の生きた模倣による作品である。容易に見て取れるように、ここにあるのは芸術に関するプラトン主義的イデオロギーであり、それは物質的なものであれ観念的なものであれ、対象をより無媒介的に再現する模倣により高い価値を認める。この点日本の「ビブロ」は、もとより対象の模倣ではなく、むしろ技術の模倣であるように思われる。なるほどそれは模倣ではあるが、対象の模倣なのではなく、模倣技術の模倣であり、対象のレベルからみれば模倣の模倣——複製——である。そもそもここでは、対象よりも技術により多くの価値が認められているのであって、対象は技術のいわば口実にすぎず、製作されたものは技術の自己対象化の結果にすぎない。口実にすぎない対象は、製品においては完全にコード化されて表象される（「空で覚えたデッサン、千年の遺伝によって彼らの脳に伝えられたデッサン、[…] サトーサンのと同じコウノトリ、お決まりの小さな岩、永遠の小さな蝶々」(228)）。また職人たちの行為も、いわば非他動詞的で、対象との緊張関係を欠いているので、いたって気楽なものに見える。そこには芸術家の悲壮な表情、ヒステリックなイメージはない（まるで芸術家とは彼自身がすでにひとつの表現であるかのように）。彼らは無表情（「目がなく、なんともさえない顔」）で、その仕草は機械的な反復に還元縮小され、「自動人形 automate」(288) のそれにたとえられる。

「ビブロ」に限らず、日本のものは一般に始原性《オリジ》＝独創性《ナリテ》を欠いているように見える。対象はつねに模倣の産物であり、反復の刻印が押されている。それが一般に模造品の印象を与えるゆえんである。この点、サトーサンの十八番である番傘に描いたコウノトリ（鶴？）の絵はじつに示唆的である。それは一羽ではなく、つねに二羽一組——「対＝二重唱 duo」(142) ——で描かれている。まるでそれが現実のコウノトリの活写ではなく、一方のコウノトリが他方のコウノトリのコピーであるかのように。語り手の家の襖のコウノトリもまた「二羽で一組 un groupe de deux cigognes」をなしており、彼を苛立たせる。「ああ、このコウノトリときたら、ひと月も日本にいれば誰だってこいつらにはうんざりしてしまう！」(132)。かくして対象はつねに二つある。この作品には一貫して双数の原理とでも呼ぶべきものが作用しているのだ。

双数の原理は、人工のものに限らず、自然それ自体においても観察される。自然とは元来それに先行する模倣の対象をもたない始原的対象であるとすれば、この作品に描かれた自然はみずからを模倣して二重化する。

第二章、長崎入港の場面における自然の描写では、二重化と人工性のテーマがたたみかけるように展開される。まず、入港する艦上から見た両岸の切り立った山並みは、「奇妙なシンメトリー」(48)をなして続いており、それは「奥行が深く、非常に美しいけれど、あまり自然でない舞台装置の支柱」(同)のようである。山腹ではさかんに蟬が鳴いており、「一方の岸から他方の岸へと響きあっている」(同)。上方では、「はやぶさの一種」(49)の鳴く声(「ハン、ハン、ハン」)がするが、それらは「こだまして、悲しく不調和な響きを立てていた」(同)。これらの風景全体が語り手には「奇妙」で「風変わり」に思われ、「あまりに美しすぎるもの」に固有の「本当らしさの欠如」(同)を感じさせる。そこでは、「風景の種々雑多な要素が寄せ集まっていて、まるで人工の景色のようだった」(同)。最後に、日が暮れて真っ暗になった山々は星の光とともに水面に映し出されて「二重化する」(52)。同様に、明かりのともった長崎の街も、「深淵の底に降りてゆくもうひとつの、同じように明かりのともった街」(53)を浮かび上がらせる……。

これら本物の自然の描写は、先にみたマダム・ルノンキュルの庭――人工の風景――の描写(第三五章)と一見矛盾しているように見える。前者における自然がいかにも作り物といった感じ(「風景の種々雑多な要素が寄せ集まっていて、まるで人工の景色のようだった」）を与えるとすれば、後者においては、「異論の余地のない自然の感情がこの自然の風景の超小型模型を支配している」（156）。じつのところ、マダム・ルノンキュルの庭は自然を模倣しているのではなく、自然の人工性を例証しているのである。それは見る主体に平衡感覚を失わせ、奇妙な眩暈をもたらす——「それらのいかにも大木といった雰囲気が、視覚を戸惑わせ、遠近感を狂わす」（156）——のだが、そのような感覚は、そこにある人工物の自然らしさからくるのではない（自然らしさ自体は写実主義的表象一般の属性であり、そもそもそこから得られるのは眩暈や困惑ではなく、安定感であり安堵感であるはずだ）。それはむしろ、その人工物が自然の人工性の証明であるところからくるのである（この証明の激化した形態がほかならぬ盆栽（第四〇章）である）。

奇妙な言い方だが、語り手が日本で実際に目にするものは、しばしば彼が日本について思い描いていたイメージに「似ている」。「私の家の中は日本の絵に似ている」（80）。「ああ、私は彼女［＝マドモワゼル・ジャスマン］をすでに知っている。日本に来るずっと前に、扇子の上や茶わんの底に描かれているのを見たことがある」（72）。語り手が「似ている」というとき、それはオリジナルがみずからのイメージであるところのものを反復しているということ、したがってオリジナルがみずからのコピーと化しているということである。ここにあるのは、既知のコピーに対するオリジナルの体験ではなく、オリジナルによるコピーの模倣の感覚——現代の観光旅行にも通じる感覚——である。「思い描いていた通り」とは、反復がもたらす失望の声であり、発見の喜びのそれではない。実際、類似していることはしばしばそれ自体が縮小還元の感覚をともなう。第三章、料亭「百花園」でカンガルーサンを待つ語り手の部屋に三人の女中が並んで入ってきて、お茶やお茶菓子を出してくれる。そのにこにこした表情やお辞儀の仕方を見ていると、彼はそこに日本の画や壺に描かれていた通りの日本の姿を見出して一瞬うっとりする。しかるに、「目の前にあるこの日本の姿を、私はここに来るずっと前から知っていた。ただ、現実においては、それは小さく縮んで、なおさらわざとらしく、また悲しげにも見える――おそらくはこの死衣のような黒雲、この雨模様のせいだろうが……」(64)。

双数の原理は、語られた物語のみならず、語りそのもののレベルでも認められる。たとえばこの作品においては、同じ場面がしばしば二度(場合によってはそれ以上にわたって)語られる。職人と商品の描写(第一二章、第三四章)、マダム・プリュヌの祈禱(第二七章、第四四章)、サトーサンの画才(第三三章、第五三章)、セミとトンビ(第二章、第一七章)、諏訪神社参拝(第一一章、第三七章、第四六章)……。ちょうど絵に描かれた一対のコウノトリがそうであったように、それぞれの場面は二度くり返して描かれるあいだに反響しあい、その始原性と一回性を脱落させてしまうかのようだ。そして、作品中最も頻繁にくり返し描かれるのが晩の散歩の場面である(主なものだけでも第一一章、第一二章、第二五章、第三四章、第三六章、第四六章)。「晩の散歩はいつも似かよっていて、異様な品々の並ぶ店先で同じようにたたずんだり、同じ小庭で同じ甘い飲み物をすすったりと、その楽しみも大体いつも同じだった」(118)。

一夏の出来事を描いたこの物語において、点的な事件はむしろまれで、どちらかというと線的継続のほうが支配的に見える。読者は、もとより物語的展開に乏しいこの作品の全体が、習慣的反復を表す半過去におかれているような印象を受ける。小説的流れからみれば点的・瞬間的である個々の出来事さえも、反復・習慣の相を帯びて見える。実際、後述するように、この作品には〈習慣〉という非ロマネスクな時間が流れており、それがこの作品の主要なモチーフをなしているのである。

非隠匿性——隠す／しまう

語り手には日本のこと、日本人のことがどうしても理解できない。彼らはいったいなにを考えているのか。これを知ろうとすることは絶望的な試みのように思われる。彼ら地球の裏側に住む者たちは、その頭の構造もわれわれ西洋人とはまるっきり逆なのだ。

第一二章、語り手はクリザンテームを連れて、同じように結婚した他の仲間夫婦たちとともに夜の町に出かける。この外出は以後何度もくり返される習慣となるのだが、その際、女たちはいつも玩具屋、小間物屋、夜店などで目についた商品を子供のように欲しがり、男たちはそのたびごとに散財を余儀なくされる。語り手の目には、それらの品々（お面、うちわ、提灯、ビードロなど）が、びっくり箱から出てきた奇想天外ながらくたにしか見えない。

いつも途方もなく風変わりなもの、**気味の悪い珍妙なもの** [du saugrenu macabre] ばかり、いたるところ思いもよらないもの、われわれとは正反対の脳味噌から生まれた、わけの分からない発

イヴ／お菊さん／ロチ　上野彦馬の撮影所にて，明治18年 7 月29日
(本書203頁注 9 参照)

想の数々と思われるものばかり……（98）

第四五章、語り手はクリザンテームをともなって、とある写真館（上野彦馬のスタジオ）へ記念写真を撮りにゆく。彼はそこで、先にきてポーズをとっている二人の身分の良さそうな婦人たちの顔に魅入られる。彼女らには、どこか「大きな珍しい昆虫」を思わせるところがあり、とくにそのつり上がった細い目は謎めいてみえる。

とりわけ、細長く、つり上がり、反り返った、ほとんど開くことのない彼女らのごく小さな目は神秘的だ。**漠として冷ややかな珍妙さを湛えた内面の思考**［des pensées intérieures d'une saugrenuité vague et froide］、われわれには完全に閉じられた世界を表しているかのような彼女たちの表情は神秘的だ。（186）

見たとおり、ここで「珍妙さ」は日本人の思考内容についていわれているのだが、それが意味するのはただ一つ、日本人の考えていることは結局理解できないということである。それにしても、日本人に特徴的な無表情（目の小ささあるいは細さがその指標である）は、語り手によってなにかを隠蔽しているものとして解釈される。なにも表現しない絶対的な無表情は存在しない。「なにも表現していないようにみえる」ということは、「なにかを表現していない」ということ、換言すれば「なにかを隠蔽している」ということと等価なのである。

　いずれにしても語り手においては、一切が「表現／隠匿」の範列においてとらえられる。つまり、すべては表されているか、隠されているか、どちらかなのだが、いずれの場合でも同じ共通の形式が想定されている。表現しないということは隠匿しているということであり、それだけなおいっそう神秘的に、謎めいて見える。ものはつねに「神秘に満ちた裏側 les *dessous* pleins de mystère」（147）を隠しもっているのだ。

　したがって語り手の見解を定式化していえば、日本人の無表情は珍妙なものを隠蔽している、ということになる。しかるに、「珍妙」という語はいかにも両義的だ。それは、日本人の考えていることは理解不可能である、ということを意味しているようにみえる。だが実際は、理解の対象が文字通り理解しえないということではなく、むしろ理解するに値しないということを意味しているのではないか。日本人は謎めいていて神秘的であるという印象と、少々不気味だが結局のところ大したことは考えていないであろうという予断。ここには「理解できない」から「理解に値しない」へのすりかえ、ないし両者の重ね合わせが生じている。日本人の無表情は取るに足らないもの（rien）を隠匿している。言い換えれば、理解に値するなにものも（rien）隠匿していない。本章のはじめに述べたことをくり返すなら、「珍妙さ」という語は語り手のイデオロギー的無理解を正当化する語彙であり、さらには排除の身振りを表す記号なのである。

　ところで、作品に描かれた「珍妙なもの」をさらに具体的に観察してみると、語り手の印象に反して、「珍妙なもの」はそもそも隠匿されたものではないということがわかる。「珍妙なもの」は、表面に現われ出ているものであり、奥底に秘め隠されたもの――「ものの神秘に満ちた裏側」――などではない。

元来この作品に隠匿のテーマは不在ではないが、それはつねに非隠匿という逆の形をとって、しかも矮小化あるいは愚弄の意図をもって現われる。

第一二章、語り手が市中散策の折りに見掛けた店の売り手たちは、みな「地べたにあぐらをかき、貴重なあるいは粗悪な品々に囲まれ、脚は腰のあたりまでむき出しで、われわれの国では隠しておくところのものをおおむねあらわにし、それでいて胴体は慎み深く着物にくるんでいる」(97)。

第三八章、「一日の中でもとくに滑稽なひととき」は行水の時間で、日本の老若男女は素裸のまま隣人とおしゃべりしたり、来客の取り次ぎをしたりする。「しかしながらムスメたちは（老婆たちもだが）、そんな身なりで現われても得するところがない。日本の女は、その長い着物と綺麗に結んだ幅広の帯を取り去ると、もはや曲がった脚と、か細く、梨の形をした、首のついたちっぽけな黄色いものにすぎない。そのかわいらしい人工的な魅力は衣服とともに消え失せてしまい、もはやなにも残らない」(166)。

性器も裸体も、ここでは隠されているものではなく、もとより隠すに値しないもの、せいぜいしまっておくべきものにすぎない。「珍妙なもの」はしばしば卑猥（obscène）なものなのだが、語り手がまさしく珍妙であると感じるのは、日本人がそれを少しも卑猥なものと思っていないことである（といっても日本人に羞恥心ないし礼儀が欠如しているわけではない。職人たちは「胴体は慎み深く着物にくるんでいる」し、行水の女たちも「手にはいつも変わらぬ紺色の小さな手ぬぐいを持っている」。要は、実質的に隠すことではなく、象徴的にしまっておくことなのだ)。

第二章、船の甲板を占領した物売りたちの籠や箱など、さまざまな容物からでてくる珍奇な品々は、時間がくるとあっという間にしまわれてしまう。彼らは、「またたく間にその箱を閉め、レールつきの屏風やバネつきの扇子をたたみ」(52)、あとにはなにも残さない。日本の容物は、ものを隠しておくためのものではなく、しまっておくためのものである(そもそもこれら珍妙な品々は、取って置くべき財宝ではなく、売りさばくべき商品なのだ)。

第三五章、語り手はクリザンテームの母、すなわち彼のいわゆる「義母＝姑」であるマダム・ルノンキュルの室内の様子を、「まったくの飾り気のなさ＝むきだしの状態 nudité complète」(157)として報告する(描くのではない)。しかるにそこには、「いたるところに小さな隠し場所、小さな壁がん、小さな戸棚が、一様に染みひとつない白い紙の壁板の下に、ごく巧みに、思いもよらないところに隠されている」(同)。ここにはたしかに隠されているものがある。だが、それは珍妙な品々ではなく、隠すためもの(「隠し場所」、「壁がん」、「戸棚」)それ自身である点に注意しよう。隠匿のテーマは二重の隠匿によって無力化され、無効にされているのだ。しかも珍妙な品々は、そこに隠されているのではなく、しまわれているにすぎない。「フランスでは美術品は観賞するためにある。ここでは、ちゃんと整理札を貼って、godoun［?］と呼ばれる地下の鉄柵のついた謎めいた個室にしまい込んでおくためにある」(同)。

このように語り手は、「見せる／隠す」という対立――ヒステリックな顕示と偏執的な隠匿のアンチテーゼ――に基づいて修辞的に説明しているが、「見せる」と「隠す」は本来互いに他を前提とする相補的行為なのだから、それでは「しまう」と「隠す」の差異が消失してしまう。本当の差異は「見せる／隠す」の対立と「出す／しまう」の対立とのあいだにある。「珍妙なもの」は同一の空間の中では余計な細部であり、暫定的に姿を現わすことはできるが、恒常的な場を占めることはできない。出したらもとの場所に戻さねばならないのである。

かくして、この作品では「隠蔽／暴露」のテーマがくり返し現われ、執拗に展開されているのだが、結局そこに見出されるのは単にしまって置かれた「珍妙なもの」にすぎず、隠された神秘などではないので、そこにはつねに失望――さらには失望の予感――がともなう。第二章、語り手の乗った船は長崎港に入港する。はじめて目にした日本は彼を失望させる。「ナガサキが目の前に現われたとき、われわれは失望した。切り立った緑の山々の麓にあったのは、どこにでもあるごく平凡な都市だった」(50)。やがて大勢の日本人の物売りがやってきて甲板を占領してしまうが、そこに広げられた珍奇な商品の数々や、とくに物売りたちの「醜く、卑賤で、グロテスクな」(51)様子を目にして、土地のムスメとの結婚を計画していた語り手は大いに「興ざめ」(同)を感じる。しかし、日が暮れて辺りが暗くなり、甲板から物売りたちがいなくなると、自然も都市も神秘的な外観――「魔法の国、おとぎの国」(52)――を帯びてくる。山々も街も水面に映って二重化し、もう一つの風景、もう一つの世界が姿を現わす。対象に闇・深さ・奥行といった象徴の次元が加わり、神秘の幻想が生じるのである。冒頭から認められるこの夜と昼の対立は、神秘の幻想と暴露の失望との交替をもたらし、物語にリズムを導入する主題論的原理となっている。

実際、作品で語られている出来事の大部分は、語り手が船上勤務を終えて寓居に赴く夕方から夜にかけて、そして艦に戻る朝に起きている。真昼、ないし昼下がりの出来事はまれで、第二〇章（「あるひどく熱い正午」）、第五一章（「午睡の間に」、「正午のかんかん照りの中」）、第五二章（「正午のうんざりする暑さの中」）、第五三章（「午睡の時間」）に語られているのみである。前二者で、不意に寓居を訪れた語り手は、はしなくも眠っているクリザンテームの姿を目にする。三番目の場面では、支払われた貨幣が本物かどうかを確かめているクリザンテームの不意を襲う。最後のエピソードで、語り手は、クリザンテームの不意を襲ったその足で長崎の町を最後の買物に走るのだが、このときのいわば最終的啓示も、それまでの否定的印象をくつがえすどころか、それをさらに異論の余地なく確認させるばかりである。「今日ほどそれ［＝この国］がはっきりと見えたことはなかったように思う。それは常にも増して小さく、古ぼけて、血の気を失い、生気がないように見える」（228）。

『お菊さん』では、表向きの筋ほど目立たないが、それと並行して〈謎〉をめぐるコードが導入されており、そのことがこの筋なき物語の小説的興味を多少とも維持する役割を果たしている。謎をめぐるコードの基本的構造はごく単純で、まず対象が謎として提示され、ついで主体がそれを解読する努力をおこない、最後にその解読行為が成功あるいは挫折するというものである。

はじめに、日本は語り手にとって暴くべき神秘、解くべき謎（「裏面」をもったもの）としてたち現われる（第二章の描写）。しかし物語上、謎の具体的形象であり、その媒体として機能しているのはクリザンテームその人である。そもそも語り手はお見合いの席（第四章）で、なぜ予定どおりジャスマンではなく、たまたま居合わせたクリザンテームを同棲の相手に選ぶのか。それは後者が前者とは異なって、「いくばくかの表情」（73）を示し、「ものを考えている様子」（74）を見せていた（少なくとも語り手にはそう見えた）からである。そこで語り手は解読の意図を表明する。「それは女なのか人形なのか……何日かすれば多分それも分かるだろう」（76）。第七章では日本人女性の顔の分類学が試みられているが（81）、語り手によれば、クリザンテームの顔は分類を免れており、「かなり特殊 assez à part」（82）である。この際、類型化を免れているということは、なにかしら表情＝表現（expression）をもっているということであり、個性《ペルソナリテ》＝人格を備えているということ、ひいてはなにかを思考しているということを意味する。以後、第二〇章（109）、第四二章（178）、第四六章（182）にわたって謎をめぐる解釈のコードは維持され、展開されるが、それはつねに否定的で懐疑的な形においてである。すなわち、結局その謎は解けないだろう（109, 182）、もしくは、解くに値しないであろう（178）。

しかるに第五〇章、謎をめぐるコードに唯一サスペンスと呼ぶに足る契機が生じる。クリザンテームはオユキと三味線の稽古をしている。演奏が佳境に入ると、演奏者の顔にも表情のようなものが生じかける。「彼女たちの小さなつり上がった眼が開き、なにか魂のようなもの [quelque chose comme une âme］を啓示するようにみえるのは、そんな瞬間である」（209）――たとえそれが、「私の魂とは種類の異なる魂」（同）だったとしても。翌々日、そんな期待は見事に裏切られる。先ほどの引用で見たように、第五二章、クリザンテームの誘いにしたがって出発前に最後の訪問を試みた語り手は、抜き足刺し足で部屋に上がり、彼女の不意を襲う。すると彼女は、なんと支払われた金の真贋を確かめていた……。なるほど、隠されたものは本質的なもの――〈魂〉――でなければならない。ところが、暴きだされるのは非本質的なもの――〈金《カネ》〉――にすぎない(12)。失望の予感は正当化される。語り手がここで真に幻滅してみせる代わりに、皮肉をまじえながらもむしろ満足したような様子を示すのはそのためである。彼はこう独りごちる。「おまえはそんなに困惑することはないのだよ。それどころか私は喜んでいるのだから。おまえを悲しませて発つのは少々辛いところだったから、私としても、この結婚が冗談で終わったほうがよっぽどいいのだ。そもそも冗談で始めた結婚なのだから」（225）。かくして語り手はなかば冷笑的な無関心に立ち戻る。クリザンテームは結局カンガルーサンの斡旋で買った女＝商品にすぎない。はじめからそれはわかっていたのだ。商品の裏にあるのは〈金〉であり、〈金〉の裏にはなにもない。〈金〉は、裏側＝神秘を欠いた脱象徴的、唯物論的対象の極みなのだ。

「珍妙なもの」は隠されたものではない。にもかかわらず表現と隠匿のテーマが持ち込まれ、謎をめぐる解釈のコードが展開されるのは、描写と語りが機能するための形式的枠組みが必要だからである。そこで語り手が見出すのは隠されたものの不在にほかならないが、彼はそれをなんらかの実在であるかのごとく「珍妙なもの」と命名する。この命名は語り手に二重の利益をもたらしている。つまり、それによって「表現／隠匿」の形式的枠組みが外見上維持されると同時に、元来その枠組みに組み込まれていないものが排除される。かくして「珍妙なもの」は、理解不可能なものとして受け入れられると同時に、理解するに足らないものとして棄却される。「珍妙さ」とは、ものの裏側の不在を祓う記号（まじないに属する語彙）であり、名づけえないものの名なのである。

非本質性——不真面目なムスメたち

「珍妙なもの」には独特のおかしみがある。それは、なぜとははっきりいえないが、どこか、なにかしらおかしい。たとえば、日本のムスメたちはいつもなにかにつけて笑っているのだが、語り手にはどこが、なにゆえにおかしいのかを特定することができない。彼女たちの笑いは、いわば普遍的で、特殊な対象や明確なコンテクストをもっているとは思えない。

第一二章、ムスメたちとの夕べの散策について、語り手はこう述べている。「忠実にこれらの夕べのことを語るには、われわれの言語よりも洗練された言語が必要であろう。そして、適当なときに語の上につけて、読者に笑うべきとき——少々不自然だが、しかしながら爽やかで優美な笑いでもって笑うべきときを知らせるための、特別に案出された記号が必要であろう」(99)。

つまり、語られる対象の軽さ、陽気さに比べると、語りはどうしても重く、真面目すぎてしまうのだ。日本においては、真面目さの欠如がすべてを——とりわけ真面目であるはずのものを——貫いているように見える。

第四〇章、「飛ぶ亀寺」（晧台寺）における法会の場面、厳粛な雰囲気が辺りに漂うが、語り手にはどうしてもそれが表面的なものにしか感じられない。「堂内はいかにも暗く、広い。仏像はいかにも壮麗だ……。が、この日本では物事はうわべだけの壮大さ以上のものにはならない。どうしようもない卑小さ、笑いたくなる欲求があらゆるものの根底にある」（174）。

「珍妙なもの」のおかしみは、深刻さや恐ろしさに対立するものではなく、一貫しており、一般化されている。語り手はおかしさと恐ろしさの境界を見極めようとするが、それがどこにあるのか判然としない。夜店で売っている玩具（鬼の面や恐ろしい音をだす喇叭など）について、「われわれにはものの神秘に満ちた裏面を見通すことができない。どこまでが冗談で、どこからが神秘的畏れなのか分からない」（147）。境界がはっきりしないというより、そもそも「深刻さ／おかしさ」の対立自体がしかるべく機能していないというべきだろう。「珍妙さ」は「深刻さ」の対立項ではなく、「深刻さ／おかしさ」の対立をつらぬく根源的、超範列的特徴なのである。

以上のことを一言でいい表すとすればつぎのようになろう。すなわち、「あらゆる珍妙さの原産地」である日本は本来的に本質的なものを欠いた国——本質的に非本質的な国——である、と。

第五一章、出発を間近に控えた語り手は、イヴ、クリザンテーム、その他の身内を連れ立って最後の散歩にでかける。

> 私はこの旅立ちに際して、努めて心を動かし、感動しようとするのだが、うまくゆかない。まっ

たくの話この日本には、そこに住む人々同様、なにかしら本質的なものが欠けている。通りすがりに面白がることはあっても、愛着を抱くまでにはいたらない。(217)

この本質的非本質性――「なにかしら本質的なものが欠けている」――こそ、まさしく「珍妙さ」の第五の特徴にほかならない。「珍妙なもの」は重みを欠いた軽いもの、本体を欠いた装飾的なものであり、そのおかしみも、じつはこうした本質の欠如に由来する物事の性格《エートス》なのである。

一般に「珍妙さ」は「不条理 absurde」の類義語であるとされる。辞書によると、「不条理」は馬鹿げたことの意で用いられた場合最も一般的な語であるが、その類義語の中でも「珍妙さ」は最も意味が弱い[13]。なるほど、「不条理」というのは文字通り条理を欠いたこと、すなわち理性・常識・道徳の無視であり、場合によってはそれらに対する反抗を含意する[14]。それは意味の欠如ないし意味に対する反逆なのである[15]。

一方、語り手がいみじくも「装飾的で、軽く、精神的に珍妙なジャンル」(228)と述べたとおり、「珍妙なもの」は副次的価値しかもたず、然るべき重みを欠いている。つまり、それは意味がないもののことではなく、大した意味がないもの、あるいはその意味に大した価値がないもののことである。また、「不条理」には「珍妙さ」が含意する他愛のなさ・軽薄さ(さらにいえば短小軽薄さ)・滑稽さが欠けており、そこには道徳的寛容に訴えるものがない(「不条理」はつねに憤慨・断罪・排除の声――「ありえない! *Impossible !*」――をともなう)。あるいはむしろ、「不条理」における深刻さ(ことの重大さ）が「珍妙さ」には欠如しているというべきか。[16] いずれにしても「不条理」が規則のあからさまな無視ないし侵犯であるとすれば、「珍妙さ」は規則から少々ずれているだけのこと、そもそも規則をもちだして云々するまでもないことであり、前者があるはずのないこと、あってはならないことだとすれば、後者はあっても（なくても）かまわないことである。「不条理」と「珍妙さ」とのあいだにあるのは、実質的な意味の違い――本質的差異――ではなく、相対的な性格の違い――倫理的差異――にすぎない。しかしそれは本質的に同じということではない。まさしく性格の違いこそがここでは決定的違いなのだ。要するに「珍妙さ」には、ポジティブなものであれネガティブなものであれ、いいいいなにかしら然るべきもの、すなわち一定の適合性・本来性・必然性が欠けている。この欠如こそが「不条理」と「珍妙さ」との倫理的差異の本質的意味であり、後者を本質的に非本質的なものとして規定する特徴なのである。

作品において「珍妙さ」の本質的非本質性を代表するのは「玩具」である。夜店のオモチャや骨董屋のガラクタが「珍妙なもの」として描かれているのはすでに見たとおりだが、文字通りの玩具類にかぎらず、日本のものはどれもこれも玩具性を有し、幼児性を帯びているようにみえる。たとえば、日本の家は「子供の玩具」(80) みたいであり、日本の女は「置物の人形」(156) にすぎない。また、この作品では指小辞が多用されるが――食事はママゴトのようであり《La *dinette* est terminée.》(114)、庭は縮小模型を思わせる《Le *jardinet* de Madame Renoncule...》(159) ――、このようにものごとを一般に小さく軽く見せるのも、ものの中心にあるべき本質の不在なのである。

では、ここで欠如している本質的なものとは具体的にいえば何なのであろうか。この点示唆的なのは、ほかならぬ日本のムスメたちである。語り手にとって日本のムスメたちは本質を欠いた「人形」にすぎない。語り手はクリザンテームについて、「それは女なのか、人形なのか」(76)、と問うているが、それはまさしく日本のムスメたちが一般に人形にしか見えないからである。

ところで、語り手はのちになって、ムスメたちに人形のような様子を与えているのは「彼女たちの着物があまりにゆったりしていること」(202) であることに気づく。彼によると、西洋の衣服は逆に、「本物であろうと偽物であろうと形態を可能な限りかたどる[mouler]」(同) ようにできている。ここでかたどられる形態とは、魂に対立する身体ではなく、本体としての魂のことである。ムスメたちはなるほど外観は可愛らしいが、そのじつ「身体＝本体のない小さな操り人形 petites marionettes sans corps」(同) にすぎない。彼女たちの着物はなにも表しておらず、なにも隠していないのだが、なにもとはなにも本質的なものを、つまり本体としての魂をという意味である (要するにそれは存在の否定ではなく、価値の否定なのだ)。それゆえ、日本の人形や玩具がなにかに差し向けられているとすれば、それは中心の空虚にであり、魂の欠如にである。

さきに示唆したとおり、「珍妙さ」はいわゆるナンセンスのたぐいではない。それは意味のないものではなく、その意味が大した価値をもたないものである。語り手自身、日本のものが文字通り意味を欠いているなどとは思っていない。それどころか、彼には目にするものがことごとく神秘的に見える。ただ彼はその神秘を見通すにいたっていないだけである。しかし同時に彼は、つねにそれらの意味がいずれ取るに足らないものであろうという予感を抱いている。しかるに前節で見たとおり、「もののの神秘に満ちた裏側」に見出されるのは結局〈金《カネ》〉であり、〈金〉はここでは非本質的なもの、あるいは非本来的なものの物質的形象となっている。いずれにしてもこうした予感（あるいは直観）がつねに期待を先回りしており、高を括った冷笑的な態度――「どうせ同じことだ *ça m'est égal !*」――が経験一般を貫いている。

第七章、同棲開始後三日にしてすでに、クリザンテームがなにを考えているのか見抜けない語り手はこう推察（確信？）する。「だいいち十中八九なにも考えていないだろう。――だとしても、私にはどうでもいいことだ。／気散じに手に入れた女なのだから（…）」（82）。「珍妙さ」のくだんのおかしみは、失望（あるいは失望そのものというよりも失望の確実な予感）からくる抑えがたい苦笑いをさそうようなおかしみなのである。

この笑いは、シニックな笑いではあっても、イロニックな笑いではない。イロニーとは、未成熟ゆえの素朴さに対する大人の批判的視線、生真面目さに対するモラリスト的嘲笑、要するに無知に対する知性のコードにほかならないのだが、「珍妙さ」のおかしみにはそうした支配の構造・階層性・攻撃性が欠けている。「深刻さ／おかしさ」の境界が絶対的に不分明で、一切が無差別におかしいのであれば、そんなつかみどころのないものをどうやってつかむことができようか。語り手は「珍妙なもの」を高みから笑うどころか、反射的に――強制的に――ムスメたちの笑いを反復する（「笑わなければいけないのだから笑う」（150））。そして、なんだか分からないうちに自分を凌駕する「巨大な陽気さの渦」——祭り——に捉えられているのに気づく（「われわれもまた、神秘的なもの、子供じみたものと不気味なものが入り混じったこのわけの分からない巨大な陽気さの渦に巻き込まれてしまったような感じがする」(151)）。つかまってしまうのは語り手のほうなのだ。

本質的に非本質的な世界においては、主体は能動的行為によって日常的世界を変えてゆくことも、越えてゆくこともない。そこにあるのはむしろ、主体の緩慢な変容をともなう受動的体験である。ここに、本来的なものとしての〈生〉に対して、非本来的なものとしての〈習慣〉のモチーフが由来する。じじつこの作品には、クリザンテームとの生活を日記風に記録し客観的に報告する事実的・記述的時間は別にしても、イヴとクリザンテームの関係をめぐる語り手の心理的葛藤を描いた劇的・小説的時間[17]と、日本という謎を前にした語り手の解読の試みに由来する解釈論的時間（前節参照）に加えて、第三の時間、すなわち〈習慣〉のいわば倫理的・生態学的時間が流れている。

第五章、同棲開始から三日後、「われわれのあいだには習慣が徐々にできあがっていく」(79)。第一六章、その数日後、「お互いに身体的嫌悪も憎しみの感情もないのであれば、習慣によって、ともかくにも最後には一種の絆が生まれる……」(104)。第二五章、二カ月後、「〈時を経れば、どうしても絆が生まれてくる〉」(183)。そして第四九章、出発が迫るころになると、「いまや私もこの可愛らしい日本に慣れてきた。私自身、小さくなり、気取った感じになる［…］。手の込んだ小さな家具、オモチャのような書き物机、ママゴト用の小さなお碗にも慣れてくる［…］。［…］西洋人としての先入見さえ失いつつある」(203)。

この作品に描かれた対象が一般に反復的継続的相を帯びていることは前にも述べた。実際、この作品を支えているのは、変革の弁証法的時間や開示の神秘的瞬間ではなく、日常の反復的持続であり、〈習慣〉の漸進的時間である。問題は、選択と決断を経て現在を否定あるいは変革し、日常を乗り越え、本来性を獲得することではなく、また、神秘を暴き、超越的真理を発見し、世界の本質に達することでもない。問題は、模倣と反復を経て日常の非本来性に同意し、首肯することである。〈習慣〉は、行動による劇的な変化や暴露にいたるまでの待機状態を特徴とするロマネスクな時間とは異なって、明確な分節をもたず、緩慢で、緊張を欠いた持続である。それは徐々に精神および身体に作用し、知らぬ間に主体の倫理的・生態学的変容をもたらす。

日記の日付が示すとおり、ロチの長崎滞在が現実には七月八日から八月一二日までの三十五日間であるのに対して、作品における語り手の体験が七月二日から九月八日までの二カ月半におよんでいるのも[18]、あるいはこのような〈習慣〉のエートスに対するテクストの忠実さの表れなのかもしれない。

日記から作品へ――珍妙さの美学

『お菊さん』は、ロチの小説作品の中でもネガティブな極をなし、感情の投資もきわめて少ない。ロマネスクな粉飾は最小限にとどめられ、物語的持続を欠き、劇的展開にも乏しい。読者としても、そこに自己を投影して読むことはできない。そもそも作者自身、作品に自己を投入することができず、むしろ作品から距離を取ることを余儀なくされているようにみえる。まるで自分の産み出したものが、あまりに無価値で、なにかしらおぞましいものでさえあるかのように。

　実際「珍妙さ」は、その滑稽さのうちに、不気味な否定性をはらんでいる。本章ではもっぱら、「珍妙なもの」が恐ろしげなものを貫く滑稽なものであることを強調したが、それは同時に陽気なものを横切る不吉なものでもある（「珍妙なもの」は「気味の悪いもの macabre」(98) でもあり、「渋面 grimace」(140, 227) は事物が示す基本的表情であった。固定したエートスをもたないこと、どこまでもイメージに従属しないこと、おそらくはこれもまた「珍妙さ」の珍妙たるゆえん——その第六の特徴？——なのだ[19]）。

　この作品だけでこう判断するのは早計だが、「珍妙さ」は、まさにロチの作品に内在するいわれざる原理なのではないか。だとすれば、「珍妙さ」を描いたこの作品は、当の作品それ自身の本性を映しだす鏡なのだ。鏡といっても、作品が世界の写実的鏡であるとか、自我のナルシシックな鏡であるとかいう意味ではない。ここでは世界のほうが作品の真の姿を映しだす忠実な——イロニックな[20]——鏡なのだ。その象徴的場面が、第三七章、日記に「珍妙な」細部ばかりを書き留めている語り手が、傘にコウノトリを描くサトーサンの身振りを反復していることに気づく場面である——「ときどき私は彼に似ているような気がしてくるのだが、そう思うと実に嫌な気分になる……」(164)。

　要するに、作品が描く「珍妙さ」は当の作品の否定的本性にほかならない。それは払い除けられるべき対象（対象として棄却される対象）であり、それをそう名づけること自体が一種のお祓いの意味をもつ。これを証すかのように『お菊さん』は、家主のマダム・プリュヌ（お梅さん）の祈禱をもじった語り手の祈りの言葉で終わっている。

おお、アマ・テラス・オオ・ミカミ、わたくしを、この小さな結婚の汚れから、カモ川の流れで、洗いたまえ、浄めたまえ……。

「珍妙さ」は、定義可能な特定の意味をもつ充実した概念ではなく、概念たりえないものの名であり、対象がまさしくそう名づけられることによって排除される棄却の記号である。ロチは「珍妙さ」から身を引き離そうとするのだが、それは執拗に存在し、アンビバレントな力をもって彼を魅惑する。それは大した意味はもたないが、一定の強度の力として作用する。われわれはこの「珍妙さ」を、普通の意味での概念として、その内容を特定しようとしたのではなく、空虚な形象として、その物理的振る舞いを観察したのである。これは、対象の性質にかなった適切なやり方であると同時に、それによって強いられた手続きであったように思われる。

われわれが挙げた「珍妙さ」の特徴は網羅的なものではないし、その分類の仕方も厳密なものではない。いくつか目についた特徴を便宜的にまとめ、暫定的に整理したものにすぎない。このことを断った上で、最後に『お菊さん』における「珍妙さ」の五つの特徴をまとめておこう。①それは全体に還元されることのない執拗な細部であり、無限に付け加わる補遺的性格をもつ。②それは意味論的異例というよりも、統辞論的脱線であり、道徳的でも不道徳でもない無道徳的並列である。③それは

「オリジナル／コピー」の範列に依拠しない無頓着な模倣である。④それは場所論的にいって「表現／隠匿」の空間とは異質の「陳列／収納」の空間に属する。⑤それは世界の本質的非本質性の謂いである。

他方、「珍妙さ」は対象の属性であるばかりでなく、作品の理解に通じる主題論的鍵概念でもあり、その形式を規定する構成原理でもある。われわれの目についたかぎりでこの作品の特徴を列挙してみよう。すなわち、細部へのこだわり、遠近法を無効にし全体への統合を欠く非目的論的描写、無償の挿話への抑えがたい欲求、ロマネスクな行為＝筋の不在、アナフォリックな空間の創出、描写のステレオタイプ的性格、(21) 表現のレトリックの挫折、対立と超越を欠いた非弁証法的時間、主体の倫理的変容を含意する〈習慣〉のモチーフ、生きものの観察記録にも似た生態学的記述……。

こうしてみると、この作品はロチの他の作品にもまして、主題的にも形式的にも〈日記〉の特徴を明白に備えていることがわかる。〈日記〉はそもそもロチの創作活動の原点にある実践であった。自伝的作品の『ある子供の物語』で報告された原体験にあるような、(22) 偶然的で非本質的でありながら、頑迷に執拗に存在し続けるものに対する素朴な驚きが、この作品を、たとえ否定的な形であろうとも貫いている。

また一般に小説においては、非本来的日常性から本来的超日常性への移行（たとえそれが挫折に終わるにしても）がモチーフとなるとすれば、ここでは世界の非本質性が作品の主たるモチーフとなっている。そしてこの作品の形式的特徴は、ある種の規範――いわゆる一九世紀的小説の規範――からみれば否定的にしか語れないが、この作品は構成力の弱さもしくは不在それ自体を独自の構成原理としている。要するに〈日記〉の偶然性を〈作品〉の必然性へと転じているのである。われわれが珍妙さの美学を語るゆえんである。

『お菊さん』の忘れられた一ページ（翻訳）

以下に訳出したのは、一八八八年四月七日付『ル・フィガロ』紙に「『お菊さん』の未発表の一章」と題されて掲載された文章である。この一文は、タイトルが現在のものに変更された上で、一八九三年の小品集『流謫の女』に再録された。

ここで語られているのは、長崎滞在中の滝の観音への小旅行のことで、日記では一八八五年八月九日の出来事となっている。同日付の日記の翻訳は、船岡末利氏編訳『ロティのニッポン日記——お菊さんとの奇妙な生活』（有隣堂）に収められている（同氏による解説も参照されたい）。

描かれているお寺、長滝山霊源寺、通称滝の観音は、現在の長崎市平間町間の瀬地区、市中心部から北東に向かって約十五キロ、今なら車で三十分ほどの山峡にある黄檗宗の古い禅寺である。作品にもあるように、小振りな寺の背後にある一条の滝の、冷涼に、高みから白い飛沫をあげて流れ落ちるさまはいかにも美しく、しかも思いのほか雄渾で、また、（なぜかこれは作品では言及されていないのだが）滝となって落ちて、寺のすぐ脇を流れる川の、石橋を渡った対岸の岩に線刻された十八羅漢の顔、ことにそのやわらかな輪郭は、そこにむした苔、漂う空気にとけいり、間近で見る者に冷厳な思いとともに、ごく穏やかな気持ちを抱かしめる。寺院そのものについていうと、幅のつまったような、いくぶん縦長の、特徴的な屋根を載せた細身の観音堂がなによりも印象的だ。これについては、すぐれた画家でもあったロチが、当の観音堂を中心に据え、流れ落ちる滝を背景に描いた見事なデッサンを残していることを付言しておこう（*Julien Viaud ou Pierre Loti, coureur de mer et coureur de rêve, Livre premier, Dessins*, Galerie Rédine Lussan, 1994 所収）。今や県道脇にあるとはいえ、観光に訪れる人もない森閑たる地に、ひっそり隠れるようにたたずむこの寺は、筆者が長崎でも最も美しいと思う名勝のひとつである。

さて、ここにこの小品の翻訳を挿入したいと思うのは、なによりもまず訳者の知る限りこれがいまだ日本語に移しかえられていないからである。訳者としてはこれに加えて、もう一編長崎を舞台にした小品「老夫婦の唄」と、本書第三章で触れる「日本の婦人たち」とを章間に、いわば間奏曲風に挿入しようかとも考えたのだが、前者は大塚幸男氏による『死と憐れみの書』の最終章として、後者は船岡氏の前掲書の付録として、その邦訳がすでに存在していた。

この作品を訳出したもうひとつの理由は、これが次章「交通と落下」への導入的テクストになればと考えたからである。じじつこの作品には、次章で触れる諸々のテーマを凝集した形で見出すことができる。とりわけロチの紀行文に固有の速度とリズム――疾駆する人力《ジン》車夫の象る独自のテンポ――をここにわずかでも感じ取っていただきたい。そして、次章を一読された後、あらためてもう一度読んでいただければ幸いである。

じつのところこの小品は、主題論的にも、文体的にも、『お菊さん』より『秋の日本』とのあいだにより多くの類縁性をもっているように思われる。『お菊さん』に収録されなかったのにも、あるいはそのような理由がはたらいていたのかもしれない。これはまさしく『お菊さん』と『秋の日本』のあいだに置かれるべきテクストだったのではないか。だとすれば、この翻訳を本書のまさしくここ、一章と二章のあいだに挿入するのも、まったくの恣意というわけではないであろう。

長崎、一八八五年九月一六日、日曜日

昨日からわたしは、イヴをお供に「滝《タキ》の《・ノ・》観音《カンノン》」に行くことに決めていた。滝の観音はここから六、七里の森の中の霊場である。

朝一〇時、陽がもうかんかん照りの中、ジンの曳く車に乗り込みいざ出発。替えの車夫を各々三人、選りすぐったのを引き連れて、手には団扇を用意して。

ほどなく長崎の外に出る。一行は緑の山中を疾駆し、上へ上へとひたすら登る。はじめ幅広の深い流れに沿って行く。河床には岩塊がいたるところメンヒルのように立っている。自然のままのもあれば、人の手で立てられ、なにやら神々の姿に掘り刻まれたようなのもある。緑に囲まれ、飛沫を上げて流れる川のただ中に出現する岩塊は、ときには単なる岩だが、そうでなければ未完の腕や顔をつけた灰色の亡霊のようだ。――日本人は自然を自然のままにしておけない。こんな人里離れた一隅においてさえ、自然のものになにか可愛らしい凝った意匠を刻み込むとか、さもなくばそれを悪夢か渋面の相に仕立て上げなくては気が済まない。――揺られ揺すられしながら、一行は大急ぎで行く。急な坂に来ても車夫の脚は衰えない。そうやって葛折りの山道を登りつづける。

街道はわが国の街道に劣らず美しい――おまけに電線まであるが、それが名も知らぬ樹木に囲まれてあるのはさすがに妙だ。

正午頃、灼熱の太陽の下、茶屋で一服――街道沿いの愛想のいい、山陰の涼しい茶屋。さらさらと流れる泉が店の中まで引き込んであり、竹の筒の先からまるで奇跡の泉のように湧き出ては水受けに落ちる。水受けのその澄んだ水の中には、卵やら、果物やら、花やらが浸してある。われわれはバラ色の西瓜を食す。泉の水で冷えて、まるでシャーベットのようだ。

御輿を上げる。

やがて一行は長崎の街を壁のように囲むあの山並みの頂上に達する。じき向こう側が見えてくるだろう。さしあたっては一面緑、見事な緑の高見をひた走る。あたりは蟬の大合唱、草むらの上を大振りの蝶が舞う。

けれどこの感じは、熱帯特有の生気の失せた年中変わらぬ熱暑の平安とは違う。いかにも、これは夏の輝き、温帯地方の夏の輝きだ。春に芽をふく一年草のより微妙な緑、やがて秋には枯れてしまう背の高い華奢な草むら。わが国のと同じ、移ろいやすい季節の魅力。——故郷の田舎の、九月の暑い午後に訪れる甘美なけだるさ。小高い山の斜面に広がるあの森は、遠目に見ると、ヨーロッパの森を模していて、まるで故国のクリやブナ林といった様子。それに、谷間のここかしこに現われる藁葺きや瓦葺き屋根の小さな集落、これもまたわが国の集落に似て、違和感がない。もうなにを見ても、とくだん日本という感じはしない——今やここは、アルプスかサヴォワの日当たりのいい土地を想わせる。

ただ、近寄って見ると、植物はほとんどが未知のものでおやと思わせる。飛んでくる蝶はあまりに大きく、あまりに奇妙。あたりに漂う匂いも違っている。あの遠くに見える村々にしても、わがヨーロッパのつもりで、教会か古い鐘楼の姿を探してみても、そんなものはどこにも見当たらない。道端には十字架もキリストの像もない。なるほど、この田舎の静けさ、昼の閑寂な眠りを守護しているのは、西洋の神々とは縁もゆかりもない奇妙な神々なのだ……。

かの壁のような最初の山並みの頂上をすぎると、向こう側には、眼下に一面ビロードの草原のように平坦な、だだっ広い平原が開け、さらに遠方には湾があって、海が旅路の果ての波を打ちつけているのが望まれる。

ジンがいうには、前方にどこまでも葛折りにつづく道を通ってこの平原を下りて行き、それをすっかり渡りきってから、さらにまた視界の果てに見える彼方の丘を越えて行かねばならないのだそうだ。なんてことだ。その寺がこんなに遠いなんて思いもよらなかった……。本当に今夜中に帰れるのかしら。

葛折りの急な坂道を下り終えたところで一休み。見上げるような喬木の森の中、その陰に、狐の神を祀った薄気味悪い御影石の古い神社がある。祭壇には白狐が数尾、厳かに、凄い笑みを浮かべて唇を歪め、牙をむいて鎮座している。——小さな澄んだ流れがいくつも森の木々の下を巡り、樹木の葉は微動だにせず、黒々としている。

男女の荷方の一団がこの涼しげな場所に、われわれに混じって一休みしにくる。紺色の綿のみすぼらしい襤褸をまとったこの連中は、じつに喧しく、また子供じみている。その中にはじつにきれいなムスメもいて、彼女たちも荷方なのだが、丈夫な腰をし、顔は赤銅色に焼けている。連中は全部で五十人は下らないだろう、荷物は長い竿の先の籠に入れている。彼らは貨物を運搬する人間の隊商《キャラバン》みたいなもの。馬も馬車も走っておらず、大いに文明開化の進んだ本土日本《ニフオン》とちがい、まだ鉄道も通っていないこの九州《キウシウ》の街道では、この種の隊列をよく見かける。

休憩がすんだジンたちは、平坦な土地を全速力で駈け、われわれを猛スピードで運んでゆく。邪魔になってきた衣類を一枚一枚脱いでゆき、汗に濡れたのを車上のわれわれの足許に放ってよこす。

雲ひとつない空の真ん中にただ独りぶら下がる、正午のまぶしく輝く太陽に照らされて、われわれが今こうして通過しているのは広い広い田んぼである。一面の田んぼは柔らかく春めいた色をし、傍目には見えない小さな無数の流水路が潤している。まわりの田んぼは、頭上の空のように、空虚で単調で、空が青い分だけ緑色をしている。

街道は相変らず美しく、かのおびただしい電線も、わが国のと同じで道ばたの電柱に掛けられたのが道にそって走りつづける。われわれを遠巻きに囲む、霞にぼんやりつつまれた帯状の山並みは、いよいよヨーロッパの景色に見えてくる。譬えていえば、一面牧草地帯の、遠くにアルプスの山並みが望まれるロンバルディア地方の平野のよう。ただし、ここはもっと暑い。

平原が終わったところ、大きな村の入口の、急な流れの淵にある茶屋で三度目の休憩。ジンたちはへった腹をふくらまそうと、水で炊いた米を注文し、それを箸でもって女のように優雅に食す。周りにひとだかりができる。大部分はムスメたちで、われわれを慇懃な目でにこにこしながら珍しそうに観察する。やがてそこにいた幼子たちがみな見物にやってくる。

これら黄色い幼子たちのなかに、ひとり本当に可哀想なのがいる。浮腫に罹った子供だが、顔つきは穏やかで可愛らしい。両の手ですっかり膨らんだむき出しのお腹を抱えている。このお腹のために、この子はきっとじきに死んでしまうだろう。

この子にわれわれは日本《ニッポン》のお金をあげる。すると、二度とわれわれと再会することなく、やがて確実に日本の土に帰ってゆくであろうこの小さき存在から、われわれに深い感謝のこもったまなざしが向けられる。

この村の家屋は長崎のと同じで、木と紙でできており、同じようにごく清潔な畳がしいてある。目抜き通りには店が立ち並び、いろんな細々とした面白いものを売っていて、皿とか、茶碗とか、急須とかがいっぱい置いてある。それもわが国の田舎で売っている粗大な壺なんかではなくて、どれも小粋な可愛らしい絵をあしらった上等な磁器である。

もう一つ、前のよりは低い山並みを越えてゆくと、また平野、相変わらずの田んぼと蘆や蓮が密生する水路からなる平野にいたる。われらがジンたちも、一枚一枚衣類を剝いできたが、とうとう今では素っ裸。汗が鹿毛色の肌の上を流れ落ちる。そのうちの一人、入墨師で有名なオワリから来たジンの身体は、凝った不気味な絵柄で覆いつくされている。一様に黒っぽい青地の肩に、鮮やかな薔薇色で、精妙に描かれた牡丹の花づなが走る。背中には盛装した女が描かれ、その奇抜な女の刺繍入りの衣装は、ジンの腰に沿って下りてゆき、車夫ならではのたくましい、その腿にまで垂れている。

つぎの急流の淵まで来ると、ジンは車を止め、少しばかり息を切らして、われわれに降りるようにと請う。もう車で通れる道ではない。この先は浅瀬に降りて石の上を渡り、やがて山と森の奥深くへとつづく小道を徒歩で行かねばならない。

ジンたちは、ひとりは車番でその場に残り、その他はわれわれについて来て案内する。

ほどなく濃い陰の中、岩や木の根や羊歯をかき分けながら、森の小道を這い上る。なにやら古い石像がところどころに立っている。欠けて、苔むした、形のない神々。いかにも、われわれは聖なる場所に向かっているのだ……。

……この陰濃き小道を辿っていると、思いがけず激しい回想の感動が突如わたしの心中に沸き上がってくる。そのときの気持ちを言い表すことはとてもできない。巨木に囲まれた緑陰の夜、大きすぎる羊歯、苔のにおい、そして目の前を行く銅色の肌の男たち、これらすべてが突如、長い時間と距離とを超えて、わたしをオセアニアの、かつてなじんだファタフアの大森林に運んでゆく……。すでにわたしは、かの甘美な島「タヒチ」を発って以来、あちらこちらと訪れた世界のいろんな国で、このような苦痛をともなう記憶の蘇りをしばしば経験していた。そうした回想は、閃光のごとくにわたしの心を打ったかと思うや、たちまちのうちに消え去り、漠とした、束の間の苦悶を残してゆくのみなのだった……。

しかし、このポリネシアのいわくいいがたい魅力の思い出とともにわたし自身の内部に生じる心の動揺は、おそらくはわたしの現在の生存に先立つであろう奥深い層で生じている。それについて語ろうとすると、理解しがたい、わたし自身にとっても闇につつまれた領域に触れる思いがする……。

さらに行き、山をもっと登ったところで、クリプトメリア（日本杉）の樹林に足を踏み入れる。その葉は針のように細く、まばらで、鬱蒼としている。樹木は密生しており、背が高く、ほっそりして、真っ直ぐで、まるで巨大な葦の草原のようだ。なんとも冷たそうな急流が、樹林の陰で轟々と音を立て、灰色の石の河床を流れている。

前方に、ついに石段があらわれる。次いで長い年月のあいだに変形した最初の門をくぐると、岩壁にはさまれた、草ぼうぼうの中庭のようなところに入る。そこに、高い被りものをして、顔は点々と苔むした石の神々が、集まってなにやら相談事でもあるかのように、横一列に並んで鎮座している。

その先に、杉の木で造った第二の門。非常に込み入った、ひどく風変わりな代物。左右にはそれぞれ鉄の網を張った籠の中に、寺の入口には欠かせない二体の守護神が収まっている。旧来の怒りのポーズでなおも人を威嚇しようとしている青鬼と赤鬼。彼らは、参拝者が道すがら投げていった願掛けの厚紙で覆われている。願掛けは、胴体、顔、目など、身体中に貼られていて、見た目にいっそう恐ろしい。

二番目の中庭は、いよいよ岩壁が迫っていて、最初の中庭同様、打ち捨てられ、廃墟然としている。ここは寺院のうら寂しい前庭といった感じで、足を踏み入れるや見えない滝の落ちる音と地下の水の沸き上がるような音が聞こえてくる。信者たちは一年の決まった時期しか来ないので、巡礼者の来ないあいだに敷石は草ぼうぼうになってしまう。ひょろ長い蘇鉄もはえていて、日光を求め、緑の羽の束のような枝を精一杯高く伸ばしている。そして奥に御堂が見える。御堂の上方に、垂直に切り立った岩が張り出し、そこから髪の毛のように絡んだ蔦と木の根が垂れている。

中国でも、安南でも、日本でも、お寺の御堂はこんなふうに、人目につかないところに建てるのが習わしだ。どこでも構わない、森の中とか、井戸のように深く薄暗い谷間とか、暗緑色の闇濃き洞穴の中にさえ。そうかと思うと、断崖絶壁の思い切り張り出したところや、高い高い荒涼たる山の頂に建てることもある。神様はとにかく珍奇な場所をお好みになる――アジアの果ての人々はそう考えるのだ。

御堂の扉は閉じている。けれども格子戸越しに、何体かの仏像が赤漆の古代の台座に鎮座して、黄金色に輝いているのが見える。

この寺はそれだけではなんの変哲もない寺で、日本の田舎にはたいがいどこにでもあるような寺だ。

ただひとつこの寺の風変わりな点は、それが置かれた場所に由来する。寺の背後の、ほとんどそれと接するぐらいのところで突然この峡谷は切り立った山に塞がれ、閉じられるようにして終わっている。そして、寺の後壁と周囲の絶壁とのあいだの残余の空間に、さきほど向こうで聞こえた滝が絶えざる轟音を響かせながら落ちている。そこには不気味な水溜、地獄の淵があって、上方から虚空に投げ出されてきた水の束が、黒々とした岩の中で真っ白な飛沫をあげて沸き立ち、轟々とうごめいている。

車夫たちはたまらずこの冷えた沐浴場に飛び込んで、この巨大なシャワーの下を、泳いだりもぐったりして子供みたいにはしゃいでいる。その様子を見てわれわれもその気になり、服を脱いで車夫たちのようにする。

沐浴後、水の冷たさに心地よく生き返った気分になり、岸辺の砂利の上で休んでいると、思いがけない訪問を受ける。老いた哀れな雌雄の猿（寺の住職とその妻）が、寺院の脇の小さな玄関から出てきてわれわれに挨拶に来たのである。

二人は頼みに応じて、彼ら流儀の食事をこしらえてくれる。出てきたのは、米と滝で釣れたちっちゃな魚。青い上品な茶碗に入れ、漆塗りの可愛らしいお盆に載せて出される――ジンたちにもお裾分け。轟々と鳴る滝壺の前で、涼しい水煙が立ち、水滴が落ちてくる中、集まって腰をおろしているジンたちに。

滝の観音　ロチによるデッサン　1885年8月9日（日）夕刻5時

「ずいぶん遠くまで来てしまったなあ」と、急に夢見がちになったイヴがいう。

ああ、まったくの話その通りだ。彼の考えはごく自明のことでさえあるので、一見、かつてラ・パリス氏が下した洞察に比肩すべき深遠さを備えているかと思われるほどだ。だがわたしには、どうして彼がそのような思いを表明したのか、その気持ちがよく分かる。じつはその同じ瞬間、わたしも彼と同じ思いを抱いていたのだ。まちがいなく今ここにいるわれわれは、今朝トリオンファント号に乗っていたわれわれよりも、ずっとずっとフランスから遠いところにいる。われわれの艦、つまり、われわれと一緒にやって来たかの旅するわが家にいるかぎり、故国の見慣れた顔や習慣に囲まれているわけだから、つい思いちがいをしてしまう。賑やかで、客船が寄港し、水兵たちがいる大都市——例えば長崎のような——にいても、くだんの無限の隔たりはうまく実感できない。そうではなく、ここのように風変わりで、人里離れた場所の静けさの中、今のような日の暮れかかる時刻にこそ、ひとはわが家から恐ろしく遠くまで来てしまったと感じるのである。

ほんの一時間も休まないうちに、もう帰る時間だ。冷たい水を浴びて元気を取り戻したジンたちは、山羊のように飛び跳ねながら、前にもまして速く駆け、車の上のわれわれのからだも跳ね上がる。

同じ道を通って帰る——同じ平地、同じ田んぼ、同じ川、同じ村も、夕暮時に見るといっそう物悲しい。夕べの涼しさに巣穴からでてきた無数の灰色の蟹が、われわれが通りかかると逃げてゆく。

これを越えれば長崎という最後の山の麓までくると、日もとっぷり暮れ、提灯《ランタン》に火が入る。

車夫たちは相変わらず裸で疾駆する――疲れを知らず、声を掛け合い、互いに気合いを入れながら。

穏やかで生暖かい夜――見上げれば満天の星空、地上には無数の微かな小さい灯火。背の高い草むらに隠れる光る虫、竹林の中を火の粉のように飛び交う螢。もちろん蟬は夜の大合唱。その騒めきは、一行が長崎を取り巻く山の中を登ってゆくにつれ、いやましに大きく響く。太陽の下ではあれほど鮮やかな色を見せていたあの緑の茂み、あの中空の森も、すべて今は巨大な漆黒の塊をなしている。塊は、此方ではわれわれの頭上に張り出して、彼方では足下の深淵に沈んでゆく。

しばしば連れだって旅ゆく人々と行き違う。下層の人々は徒歩で、上流階級の人々は人力車に乗っているが、みなそれぞれ棒の先に、花や鳥の絵柄のついた白や赤の大きな球体《バルーン》、夜間通行用の提灯を提げている。これは、この街道が長崎と九州の内陸部とを結ぶ幹線道路になっているからで、夜間でも人の往来が絶えないのである。われわれの上方にも、下方にも、暗い葛折りの道に沿って、そうしたいろんな色の灯りが木々の枝のあいだを揺れ動いているのが見える。


十一時頃、どこかで一休みしようということで、山を大分登ったあたり、一軒の茶屋に入る――きっと人夫人足が使うのだろう、古くてみすぼらしい旅籠屋だ。半ば眠りかけていた旅籠の人は、小さな灯りをつけなおし、小さな囲炉裏に火を入れ、お茶を沸かしてくれる。

日除けの庇の下に出て、外気が涼しく、青色がかった夜の闇の中、星空の下でお茶をすする。

するとイヴは、さきほど滝の落ちるあの暗い淵のところで抱いた例の子供じみた「離郷」の想いに再びとらえられ、またもこうごちる。「ずいぶん寂しいところだなあ。」――そして、さっきこちらで没した太陽は、今ちょうどトレムレ＝アン＝トゥルヴェン［イヴの故郷ブルターニュ地方の村］で昇った頃だろうという。――そしてまた、今日はちょうど九月の第二日曜で、去年、ぶなの森の中、角笛の音に合わせてわれわれが一緒に参列したあのパルドン祭［ブルターニュ地方の祭り］の日に当たるのだと……。去年のパルドン祭から数えても、あれ以来なんと多くのことが変わってしまい、また過ぎ去っていったことか……。

長崎に着くころには真夜中を過ぎていた。けれども、オスワ神社でお祭りがあったので、茶屋はどこもまだ人で一杯、通りは明るく灯されている。

丘の上のわが家では、クリザンテームとオユキが横になって、半ばまどろみながらわれわれの帰りを待っていた。

お梅さんの家の屋根の上にある青い水受けに、森で摘んできた一束の珍しい羊歯を浸けてから、われわれも紗の蚊帳の下、深い眠りにつく。

第二章　交通と落下――『秋の日本』

はじめに――「ジャポヌリ」とはなにか

『秋の日本』は、ピエール・ロチが一八八五年秋の日本滞在をもとに一八八九年に上梓した作品である。ただし、書き下ろしではなく、一八八六年から一八八七年にかけて執筆され、随時『ラ・ヌーヴェル・ルヴュ』誌[1]に発表されたつぎの九編のテクストをまとめたものである。

「聖なる都・京都」　Kioto, la ville sainte
「江戸の舞踏会」　Un bal à Yeddo
「じいさんばあさんの奇怪な料理」　Extraordinaire cuisine de deux vieux
「皇后の装束」　Toilette d'impératrice
「田舎の噺三つ」　Trois lēgendes rustiques

「日光霊山」 La Sainte Montagne de Nikko
「サムライの墓にて」 Au tombeau des samouraïs
「江戸」 Yeddo
「観菊御苑」 L'Impératrice Printemps

まず、作品のタイトルから見てみよう。

『秋の日本』という題名は、この作品の邦訳が昭和一七年、青磁社より上梓された際の、訳者である村上菊一郎と吉氷清とによるものである(右に記した各テクストの標題も両氏の訳による)。同書は当時、「時の情報局からきびしい干渉を受け、本文中数カ所削除の止むなきにいたった」ものであり、ようやく昭和二八年になって角川書店より完全なかたちで出版された。訳者もあらかじめ断っているように、原題は *Japoneries d'automne*、すなわち「秋の japoneries」であり、「秋の Japon」ではない。

原題を直訳すれば《秋の日本的なるもの》または《秋の日本風物》というところであろう。訳者らが本書を《秋の日本》として、あえて口調のいい《日本の秋》を採らなかったのは、原作の題名になるべく近接して、原作者の内容に対する真意を多少なりとも汲まんとした以外に他意はない。(2)

「日本の秋」が「秋の日本」よりも「口調がいい」のかどうかは別にしても、japoneries の原義に比較的近い「日本的なるもの」ないし「日本風物」を避け、ただ単に「日本」としたのは、なるほど単なる「口調」の問題に配慮してのことにすぎない（「他意はない」）のであろう。

では、japoneries とは、正確にいって何なのだろうか。

辞書によると、[3] それは一義的には「日本的様式をもった日本の美術品 [objet d'art]」ないし骨董品 [curiosité]」のことである。「ジャポヌリ japoneries」は「ジャポネズリ japonaiseries」と同義であるが、後者のほうが初出は古い（一八六八年、ゴンクール兄弟の『日記』、前者は他ならぬ『秋の日本』の一八八九年）[4]。この語は、はじめは単に日本の美術品・骨董品を意味していたが、やがてその種の事物への審美的関心を指すにいたり、日本流の美的様式を志向する俗流美学、いわゆる日本趣味を意味するようになる。さらにそれは、日本に関する一般的知識、概念を指すこともある。

『秋の日本』では、もともとの物質的意味（279）、第二の様式的意味（286）、第三の観念的意味（78）のいずれもが認められる。表題の japoneries は、複数形で用いられていることからしても、純粋な抽象的観念というより、対象の具体性を含意する第一の意味をベースにしており、日本の美術工芸品の諸特徴を備えた日本的なものを喚起する文化的表象（都市、建築、風景、習俗、衣食住等々）、結局、一般に日本的とみなしうるものすべてを指しているように思われる（「あらゆる種類の日本的なるもの toute espèce de Japonerie」（271）といったときの含み）。その意味でそれは、特定の対象というより、明確な定義を欠く曖昧模糊としたイメージ（すでに見たことのあるもの）にすぎない。いってみれば、固有性を代表し、譲渡不可能な価値を担うものとしての芸術作品ではなく、非固有性を含意し、イメージとして流通する工業製品（それも実用性より装飾性が優位を占める商品）のたぐいである。

　さて、そのような意味での「ジャポヌリ」についていうと、われわれはすでに前章で「珍妙さ」という概念をめぐって『お菊さん』について論じた際、その主要な特徴を示したといえる。じじつ「珍妙さ」は、ほかならぬ「ジャポヌリ」の第一義である日本産の置物（bibelot）を修飾する語として導入されていたのであった。それは、細部性、無道徳性、表面性、模造性など、いずれも否定的、軽蔑的なニュアンスをもって描かれていた。取るに足らないこと、大して価値のないこと、まともな興味に値しないこと、要するに非本質的であることが「ビブロ」＝「ジャポヌリ」の本質的特徴なのであった。『秋の日本』の語り手は、京都の「陶磁器製造所」を見学する場面で、自分が日本の皿や壺、すなわち、もともとの意味での「ジャポヌリ」には特別な関心を抱いていないことをことさらに記している。「あまり興味はないのだけれど、やはり、世界中に数え切れないほどの皿や壺をばらまいた、かの焼き物工場を訪ねておかないわけにはいかない」（36-7）。だが、ことの性質上、まさしくこうした冷淡で侮蔑的な態度こそ「ジャポヌリ」に対する律儀なまでに忠実な反応なのである。

　以上は『お菊さん』にも認められる一般的・辞書的意味における「ジャポヌリ」の内容である。ところで『秋の日本』に描かれているのは、その冒頭に示されているように、ある種の特徴を備えたすでに見たことがあるものとしての「日本的なもの」ではない（少なくともそれだけではない）。というのも、この作品がとくに志向しているのは、まさしくそれまでは不可視だったもの、近づきえなかったもの、したがって未知のものであるからだ。語り手は「聖なる都・京都」をこう始めている。「ここ数年前まで、それ［＝京都］は西洋人には近づくことができず、神秘に包まれていた」(1)。「観菊御苑」では皇后のことを、「まさしくその人の不可視性ゆえにこそわたしが見てみたいと夢みる、かの滅多に見られない皇后」(310) と述べている。ここには『お菊さん』に描かれた徹底した世俗性・表層性・日常性（現在の日本）の次元とは対照的な、聖性・神秘性・超越性（過去の日本）の次元――たとえそれが近代化のただ中にあって平板化しつつあるのだとしても――への志向が認められる。

ところで、イメージにすぎなかったものの現実を目で見、触れることのできなかったものに実際に触れ、書くことによってそれらについての客観的知識――たとえば西洋人が日本女性のキモノと思っている華やかな衣装、あれは今では遊女のみが着るものであって、庶民の着るものはもっと地味であり、また、宮廷の装束は古代から伝わるもので、西洋ではまったく知られていないものであるという情報 (308) ――を提供することは、一種の脱神話的ないし啓蒙的意味を担っている。それは同時に瀆聖の意味も帯びるであろう。というのも、本来不可視かつ不可触のもの、そのかぎりで聖性を維持しているものを描く、すなわち目に見え手で触れうるようにするということは、語り手が嘆いているかに見える世俗化の動きに、まさに書くという行為において彼もまた加担し、それを遂行することにほかならないのだから。見聞録としてのこの作品において、書くということは、その本性上、見えざるものとしての聖なるものに接近し、それを見える（かの）ようにすることであり、したがって、それが観念上は非難し抗議しているところの事態を、物質的には実行することなのだ。

加えて、この作品のもうひとつのモチーフをなしているのは、日本に固有の特徴としての「ジャポヌリ」を消し去りつつある近代化＝欧風化のテーマである。これは上の第三の意味で使われた「ジャポヌリ」、つまり日本に関する一般的知識や概念にかかわるテーマである。すなわち、鹿鳴館に招かれた語り手は欧化政策の下にある日本の建築や風俗習慣を前にしてこう独りごちる。「正直いってこれ［鹿鳴館で催される舞踏会への招待状］は、わたしが長崎に滞在して得た日本的な《ジャポヌリ》ものの概念をことごとく混乱させる」(78)。

この点についても、いかに語り手が日本の西洋化を揶揄しようとも、彼が旅行者として日本に滞在していること自体が、日本に、そしてテクストに異質なものを混在させる主たる要因となっており、彼が一方では嘆いている日本の非日本化に貢献し、それを遂行することなのである。

こうして『秋の日本』においては、「ジャポヌリ」の概念をめぐり、その一般的意味に加えて、この作品に固有のものと思われる三つの意味を区別することができる。すなわち、①日本における世俗的次元を代表し、日本に関して流通する諸々のイメージ（これを物理的に形象化するのが商品としての日本の美術品《ジャポヌリ》であり置物《ビブロ》である）、②日本において世俗的なものを超越し、聖性・神秘性を代表する次元（これを語り手は「古代の日本（人）」としてイデオロギー的に形象化している）、③固有に日本的なものを浸食し消去しつつあるもの（その象徴が「鉄道」である）、あるいは、日本に関するイメージを混乱させる非日本的なものの介入としての西欧化・近代化（その狂躁的舞台が「ロクメイカン」である）。

第一の意味は、異国趣味の内容としてすでに流通している日本のイメージであり、日本に関する既得の一般的知識——通説《ドクサ》——を構成する。第二の意味は、旅行者としての語り手がその特権的報告者となるべき未知の日本、類型的に「現在」と切り離された「過去」の日本に関係する（しかしこれも当の報告を通していずれ異国趣味を構成する新たな要素となるであろう）。以上二つの意味は、いずれも伝統的という意味での日本の固有性・純粋性を含意する。第三の意味（これも「ジャポヌリ」の意味の一つとみなすならば）は、第一の意味および第二の意味とは矛盾するように見え、それらを消去するように機能する日本の逆説的イメージ、反イメージである。

ところで、日本の固有性を規定する俗性（ジャポヌリI）と聖性（ジャポヌリII）についていうと、それらは別の次元に属する互いに相容れない世界であると同時に、ある種の隣接関係をもつものとして提示されている。「近代日本 le Japon moderne」（26）と「古い日本 le vieux Japon」（192）は、内容的に絶対的隔たりをもっていながら、空間的には隣接しており、しかも両者の境界が曖昧で困惑をおぼえさせる。連続してはいないが隣接しているこの奇妙な関係に由来する困惑は、つぎの真面目とも皮肉ともつかない反問に端的に要約されている。

どこまでが神で、どこからが玩具なのか？［où finit le dieu, où commence le joujou?］（17）

要するに聖と俗の境界が不分明なのである。それゆえ、ここにはいわゆる境界侵犯の条件が欠落している。俗から聖への飛躍も、聖から俗への失墜も、ここでは原理的にありえない。

似たような受け入れがたい隣接性は、日本的なものと西洋的なものとのあいだにも認められる。何度もくり返し語られるように、日本人と西洋人は人種に由来する絶対的隔たりに刻印されており、互いに他を理解することは原理的に不可能だとみなされている。たとえば、「この日本とわれわれとのあいだには、諸々の原初的起源の相違によって穿たれた大きな深淵がある」(92)。にもかかわらず、純日本的なもの——「この上なく完璧に日本的なもの [les] plus idéalement japonaises」(197) ——と西洋的なもの——「およそ日本らしくないもの tout ce qu'il y a de moins japonais」(79) ——とは、互いに異質なものとしてけっして融合することがないまま結合し、混在する。すでに述べたとおり、そうした事態の狂躁に満ちた場面を描いているのが「江戸の舞踏会」であり、それを表す物理的イメージが「混合=合金 alliage」の比喩である。いわく、「日本と一八世紀フランスの混ぜ合わせ」(86)。

しかしながら、「日本的なものの概念をことごとく混乱させる」(78) もの、つまり日本の固有性ないし純粋性を変質させるものとしての近代化・西洋化は、たとえ否定的価値しか認められないとしても、それもまた第二度の、いわば一段ひねった意味において日本に固有なものに属すのではないだろうか。少なくとも作品においてはそのとおりである。じじつ、日本は本来的に本来性を欠いた国、元来「バラバラで、異質なものからなり、本当らしくない」(5) ところ、「すべてが奇妙で対照をなしている」(40) 場所、といわれているではないか。同じことを逆から見ることもできる。「聖なる都・京都」で建設中の寺院を目にした語り手は、そのことが「かくも突然に蒸気機関と進歩に夢中になった国民における、これもまた矛盾のひとつ」(47-8) であるという。要するに「ジャポヌリ」の第三の意味としての西洋化・近代化は、一方通行的・不可逆的過程ではないのであり、逆にいうと、まさにそうではないことにおいて、一筋縄ではいかない、奇妙に歪んだ概念としての「ジャポヌリ」を構成しているのである。

かくして「ジャポヌリ」の三つの意味のあいだに融合や統合はないが、ある種の関係、ないし連絡はある。というのも、作品がそれにどのような価値づけをするにせよ描いているのは、第一の意味と第二の意味が隣接するということ、と同時に両者の境界が結局のところ不明瞭であるということ、そしてまさにそのことが日本に固有の特徴と思われるということ（ジャポヌリⅠ′）であり、他方、第一の意味と第二の意味が代表する日本の固有性・純粋性は、第三の意味に完全には消去されることなく浸食されることによって一部喪失し一部存続するということ、そしてそれもまた日本的なものに見えるということ（ジャポヌリⅡ′）である。

テクストがもっぱら象ってみせているのは、それ自体としては第一の意味でも、第二の意味でも、第三の意味でもない。重要なのは、それらの意味自体ではなく、第一の意味と第二の意味が代表する「日本的なもの」における明瞭な境界の不在（「どこまでが神であり、どこからが玩具なのか」）であり、また、前二者と第三の意味との関係における「日本的なもの」の固有性・純粋性の部分的喪失、それにともなう概念的混乱（「日本的なものの概念をことごとく混乱させる」）である。

じつのところ日本に固有と思われるイメージのみが「ジャポヌリ」なのではない。「ジャポヌリ」は、「珍妙さ」がそうであったのに似て、元来矛盾をはらむ、不純な概念である。あるいは概念というよりも、矛盾をも含むある種の突飛な関係が成立する場、さらにいえば、そもそも矛盾が矛盾として機能しない場の形象である。「ジャポヌリ」が異質なものからなる歪んだ意味関係を表象しているのだとすれば、日本における聖なるものと俗なるものとの境界の欠如のみならず、日本固有のイメージをある意味では消し去り、ある意味では混乱させるその仕方（欧風化）もまた、日本に固有のものと思われてくるであろう。さらにいえば、むしろ矛盾しつつ存続するその執拗さ、強度こそが、非固有性・非純粋性としての「ジャポヌリ」を特徴づけているのだと思われてくるであろう。すでに第一の意味と第二の意味との奇妙な連接関係が日本の固有性を構成的に規定しているのならば、第三の意味がもたらす矛盾と困惑は、そのようなものとしての「ジャポヌリ」の本質的意味を、また別のレベルで（あるいはその傍らで）、いわば累乗的に遂行するものなのだ。固有性や純粋性ではなく、むしろ明確な境界の不在と異質な要素の混在こそが、ここでいう「日本的なもの」を構成する。「ジャポヌリ」、それは定義可能な固有の内容をともなう実体的概念というよりも、固有の内容はもたず、むしろ固有性の欠落そのものに差し向けられるネガティブで空虚な形象なのである。

われわれは以下、顕在的には実体的に分類可能と思われる三つの意味を出発点としながらも、それらを絶対的に隔たったものとしてのかぎりで疎通させ、切り結ぶテクストの潜在的構造、その動き、振る舞い、リズムに焦点を当てて作品を読んでみたい。テクストがその物質的運動において遂行してみせているのは、この観念的には可能な区分と境界線の、実践上の疎通と横断なのである。

一　交通について

テクストの下部構造としての交通

『秋の日本』には、端的にいってなにが語られ、なにが描かれているだろうか。それは、語り手が一八八五年秋に滞在した日本のことであり、個々のトピック――話題＝場所――としては、その際訪問した都市（京都、鎌倉、江戸、日光）のこと、具体的にいうと、もっぱらそこで目にした名所旧跡の数々（清水寺、三十三間堂、聚楽第、鶴ヶ岡八幡宮、浅草、泉岳寺、鎌倉の大仏、上野、吉原、東照宮……）、付随的には聞いた話（「田舎の噺三つ」）、偶然の出会い、出来事などである。これはあらためて述べるまでもない自明のことであろう。この作品は要するに日本を対象とした紀行文なのだから。

しかるに、それらのトピックのあいだにあって、ときに明示的に語られ、ときに暗黙のうちに想定されるもの、いずれにしてもそこに現前しているはずのものがある。それらのトピックをつなぐ交通である。交通は、それがなくては旅行記ないし紀行文としての『秋の日本』が成り立たない、いわばテクストの下部構造をなしている。必ずしも明示的に語られず、とりわけ書かれてはいても大抵の場合意識的には読まれることのない交通は、つねにそこに現前し、それを物語るテクストの運動を規定している。

交通については、第一のテクスト「聖なる都・京都」の冒頭から、近代化にともなうある種の失墜のテーマと結びつけられて明示的に語られている。

> ここ数年前まで、それ［＝京都］は西洋人には近づくことができず、神秘に包まれていた。今ではそこにも列車で行ける。つまり、通俗化し、失墜し、終わってしまったということだ。(1)

「ジャポヌリ」の第一の意味は、商品として流通する日本の事物であった。じじつ商品というものを第一義的に規定するのは、それがなにに値するかというその内容ではなく、それがいずれなんらかの価値として流通するということ自体であろう。神秘を維持してきたものが、その固有性を喪失し、失墜してゆくということは、ここではそれがイメージとして流通するということ、すなわち、商品化するということと同じである。引用した冒頭の一節で嘆かれているのは、「ジャポヌリII」、すなわち神秘を秘めた対象としての日本が、西洋化・近代化の過程において、「ジャポヌリI」、すなわち固有性を欠いたものとしてのイメージに堕してゆく、あるいはもうすでに堕してしまっているという事態であろう。

注目してみたいのは、この失墜が、西洋化の指標であり、近代的交通手段の代表である鉄道の導入と結びつけられているということである。物の移動としての流通は、人の移動としての交通と重なり合う。この作品においては、「交通」というテーマが、「流通」のそれとともに、テクストの下部構造的（それゆえ多かれ少なかれ無意識的）主題系を構成しており、そこからいくつかのモチーフが派生してきて、テクスト上にさまざまな形象となって現われているのではないか。以下の考察の出発点となっているのは、このような仮説である。

世俗的なものが聖なるものに通じ、西洋的なものが日本的なものを横切る。この疎通と横断を可能にしているのが交通なのだが、ちなみに、後者（ジャポヌリII′）を遂行しているのが、日本の近代化・西洋化を象徴する「鉄道」だとすれば、前者（ジャポヌリI′）を実現しているのは、前近代的で日本に固有のものと思われる「人力車」である。いずれにせよ、それがいかなる内容の交流や価値の交換をもたらすのかは別にしても、確実にいえるのは、交通は空間の疎通と事物の流通を保証するということである。そのようなものとして交通は、『秋の日本』における「ジャポヌリ」の奇妙な意味構成の原理であり、ひいてはテクストを生成する動力でもある。それは歴史的な現実であるとともに、テクスト的形象でもあるのだ。

疾走するジン

『秋の日本』には四つの交通手段ないし輸送機関が描かれている。すなわち、作品ではその影しか垣間見ることはできないが、語り手が世界中を移動することを可能にし、彼をここ日本にまで運んできた船舶。海上に停泊している艦から港までの往来をになう艀。都市と都市を結ぶ鉄道。そして市中の移動には欠かせない人力車。

さきほど見たとおり、ここでとくに近代化のテーマを担い、神秘の喪失というテーマと結びつくのは鉄道である。これに対して、語り手の日本における主要な移動手段であり、語り手にとって他に類をみず、前近代的という意味で日本に固有なのはどれであったかといえば、それはいうまでもなく人力車である。数ある日本の思い出の中でも、人力車で市街を駆けめぐったことが語り手にとってはとりわけ印象的であったことについて、やはり「聖なる都・京都」のはじめのほうにこう記されている。

こうやって、ジンに引かれて駆け回ったことは、いろんなことを大急ぎで見たりやったりした京都滞在の日々でも、心に残る思い出のひとつである。速歩の馬のように、普通の二倍の速さで運ばれて、轍から轍へと飛び跳ねたり、群衆を押し倒したり、崩れかけた小さな橋を越えたり、人気のない一画をただ独り通り抜けたり。階段があれば登ったり降りたりもする。そんなときは、一段ごとに、ぽんぽんと、座席の上で跳ねたり、弾んだりする。とうとう夕方には、ぼうっとしてしまい、ものが次から次に回って見えてくる。まるで、あまりにも速く動かすものだから、くるくる変わる光景で目が疲れてしまう、万華鏡の中の風景のように。(11)

「ジン・リキ・シャ、走る人間が引っ張る一人乗りの小さな車」(3)。「ジン・リキ・シャを引っ張る人間、ジン・リキ・サン」(7)。人力車の車夫のことを、彼ら西洋人たちは「ジン djin」と呼ぶ。そのほうがいいやすいからというだけでなく、「小悪魔 diablotins」(8) のようにつねに迅速に走り回るその独特の動き、そしてまさしくその悪魔的な雰囲気がより的確に表現されるからだ。それはたとえば、京都のようにかなり「広く」(8)、かつ小路が入り組んで「迷路dédale」(8)のようになっている都市を移動するにはこの上なく便利な乗り物である。

——ハッ、ハッ、ホッ、フッ。ジンは気合いを入れたり、通行人をどけさせるため、けもののような掛け声をとばす。危ない、危ない、こんなふうに、全速力で走る人間に運ばれて、ひどく軽い、ちっぽけな車に乗って市中を駆け回るのだから。石にぶつかっては跳ね上がり、急な曲がり角では傾いて、人や物があれば、引っ掛けたり、倒したり。けっこう幅の広い並木道のところに、急勾配の土手に挟まれた轟々と流れる川があって、われわれはそのすぐそばを疾走する。一瞬ごとにわたしは、その中に落っこちてゆくわが身を思い描くのだった。(9)

疾走と巡回、偏向と転落。この記述には、作品全体を貫くテクストの動き、その速度とリズムが凝縮されている。確実に目的地に通じ、方向性が明確で、行程があらかじめ決まっている鉄道とは対照的だ。直線性と不可逆性を特徴とする鉄道とは逆に、ジンは迅速さと機動性をもちあわせているが、つねに奇妙な不安定感を与え、転落の危惧を抱かせる。目的地はあらかじめ決まっていても、そこまで行くのにどこを通過して行くのか、その道程は定かでない。それを知っているのはジンであり(ジンは交通手段であると同時に案内役《ガイド》でもある)、乗っている者はどこかに向かっているという感じよりも、どこかに「連れ去られていくemporté」という、なにかしら主体性を奪われたような感じを抱く(まさしく「悪魔にさらわれてしまえ！［Que le diable t'emporte !］」というがごとくであり、これもまたジンが「小悪魔」に喩えられていることのひとつの意味であろう）。

宇都宮から日光に向かう場面も含めて、京都や江戸や鎌倉などの都市をジンに乗って駆け巡る場合は、一定の方向性をもった移動よりも、無方向的な漂流ないし迷走のイメージのほうが優勢である。逆に鉄道の場合は、道程《ルート》が固定しており、目的地もはっきりしている。鉄道旅行においては、単調さと眠気が支配的となっている。神戸・京都間と横浜・宇都宮間の鉄道旅行の記述（2-6, 155-159）をみると、そこには有意味な差異の知覚に乏しく、同一者の反復を示す語、たとえば「いつも、相変わらず toujours」、「いたるところ、どこでも partout」、「似たような pareil」、「同じ même」が頻出する。いずれにしても、「鉄道」が引く不可逆的な直線と、「ジン」が描く迷宮的なジグザグとの組み合わせ、交替が、作品の軸となる運動を形づくり、テクストの特異な綾を構成しているのである。

さて、ジンがそこにおいて主要な交通手段となっている都市空間は、ごく物理的にいって予想外の広さとしてとらえられる。たとえば京都については、「なんという広大な都市だろう、この京都という都市は」（8）、江戸については、「この都市は、わたしのまちがいでなければパリよりも広い［étendue］」（273）、「桁外れの広がり［étendue］」（279）、宇都宮については、「それは非常に大きく、広い［étendu］」（162）といった記述が見られる。都市の第一の属性、それは端的にいって「延長 étendue」なのである。

この広さは、一定の視点から望まれる遠近法的空間の展開ではなく、中心・方向性・意味を欠いた漠たる物理的広がりである。主体はそこでみずからの位置を画定することができない。そこから今度は都市を「迷宮 labyrinthe」ないし「迷路 dédale」にみたてる建築的喩えがでてくる。ジンも含めてこのテクストにおける重要な形象として案内役がいる（聚楽第、泉岳寺、日光、鶴ヶ岡八幡宮などの場面を見よ）。彼らの役目は、目的地へ連れて行くこと、禁止されたところへ立ち入らせないこと、出口を示すことなどであり、文字通りの交通整理的機能を担っている。「われわれが迷い込みそうなあらゆる四辻には、赤いチョッキを着た大勢いる例の従僕のうち誰かが必ずいて、どの道を通らなければならないか、どの道を行ってはならないか、教えてくれる」（328）。

加えて彼らは、空間の導き手であるばかりでなく、知識の供給者でもある（京都の人力車夫カラカワとハマニシ、聚楽第や泉岳寺や日光の番僧など）。通行を制御ないし許可するという意味で権力を表象するとともに、知を所有し神秘に通じているという意味でも、彼らは悪魔的形象なのだ。

迷宮

ジンがその担い手となる交通は、鉄道による交通が単調で眠気を催させ、均一化する視像をもたらすのと対照的に、断片的で、変化に富んだ、いってみれば万華鏡的視覚をもたらす（鉄道をめぐる記述自体、この作品においては、近代批判のおきまりのトピックとしてどちらかというと独創性に乏しく、またジンをめぐる記述のようなイメージの豊かさは見られない）。ジンが与えるスピード感も、実際の速度というより、むしろ一所に十分に静止しないこと、ひとつの場所を深化させることなく他の場所に移動する、そのせわしなさに由来しているように思われる。ちなみにいっておくと、「万華鏡《カレイドスコープ》」とは、「美しい（kalos）形＝外観（eidos）を見せるもの（-scope）」の意だが、ギリシャ語の形＝外観《エイドス》は、ラテン語の形相《イデア》＝本質に通じる語である。しかしながら万華鏡の比喩の中に、観念の単一性・全体性・固有性は感じられない。それは複数化・断片化し、非本質化してしまっている。ここで、全体的外観の美しさが全体性の破砕に基づくという、万華鏡の美学を語ることもできよう。

実際、ジンによる交通は、ばらばらの点と点、隔離され断絶した場所と場所を繋ぐものではあるが、そのあいだの弁証法的対話を可能にしたり、そこになんらかの（失われた）全体性ないし統一を回復したりするものではない。個々の場所は、統一的全体の有機的部分ではなく、むしろその全景を見通すことのできない迷宮的空間の機械的部品のようなものだ。このことは作品全体にも通じることであるが、ここでは作品のまさに一断片である「タイコー・サマの宮殿」（聚楽第遺構）の場面を例にとってみよう。この宮殿は、通過することはできるが、振り返って見てもその全体を見極めることのできない空間的構成を象っている。都市を「迷宮」とみる建築的比喩は、建築的表象をとおして文字通りの展開を示しているのである。(6)

タイコー・サマの宮殿は、その周囲に「大きな壁の囲い」をめぐらしており、隣接する他の空間から隔離された空間をなしている。語り手がその内部に「侵入する pénétrer」（瀆聖ないし探検のテーマ）と、

宮殿の巨大な建物は、はじめ全然その全体の図面が見えてこない一種の無秩序においてわたしの眼前に現われてくる。(26)

そこで、「誰の姿も見えないので、わたしは行き当たりばったりに進んでゆく [Ne voyant personne, je me dirige au hasard]」(同)。しかしその内部では、語り手は文字通り堂々巡りして同じ場所に戻ってくるという危険をおかさずには一歩も前進することができない。「向かう se diriger」という行為＝言葉が、特定の方向性・目的性(「〜のほうに vers」の補語)を失ってしまうのである。

そこで語り手＝訪問者は、実際上および物語上の必然として、いずれ案内役の僧侶に出会うことになり、かくして宮殿内の各部屋、各区画に侵入しては、そこを通過してゆくことができるようになる。宮殿の内部、奥のほうの部屋は、それぞれ隔離すると同時に通行を可能にする扉で、ともかくにも互いに通じてはいるのだから。すなわち、「それら [＝内部の部屋] は、見慣れず思いがけない形をした一種の扉で通じている」(30)。

ここで「通じる communiquer」という言葉に注目してみよう。この語は、いわゆる意思の伝達という意味での「コミュニケーション」ではなく、物理の実験用具で通底器 (vase communicant) というがごとく、文字通り物理的意味での疎通を意味している。この迷宮においては、二つの場所のあいだに、一方向的通行はあるが、双方向的な交流はない (たとえ逆方向からの通行があっても、それはやはり相互的交流ではなく、あいかわらず一方通行的交通であり、それが単に折り返してきたものにすぎない）。個々の部屋は隔離されていると同時に、まさにそれゆえに通じているが、それも双方向的にではなく、一方通行的にであり、そのあいだに対話のようなものは成立しない。なるほど、ここに認められるのはコミュニケーションである。ただしそこで重要なのは意思の疎通ではなく、空間の疎通、言い換えると、伝達ではなく交通である。解釈し、理解すること、すなわち意味や観念に達することではなく、通路を設け、交通を可能にすること、そうやって現象や物質のあいだに連絡をつけること——下部構造《インフラ》を確保すること——が問題なのだ。

さて、宮殿の内部には、「例のごとく生《なま》の自然の風景をミニチュア模型のように縮小して模した小さな中庭」（30）があって、金でできた壮麗な宮殿とは「思いがけないコントラスト」（同）を示している。しかるに、こうした突飛な統辞論的構造こそがまさしく迷宮の迷宮たる由縁のひとつであろう。さらにこの突飛な統辞を強化するように思われるのは「タイコーサマ」の私室である。「同様に意外なのは、この偉大な征服者にして皇帝たるタイコーサマが自分用に選んだ個室である。それは極々小さなもので、あらゆる小庭の中でも最もかわいらしく、凝った庭に面している」（31）。

この迷宮的宮殿の中心（少なくとも、いずれその内部に位置するどこか重要な地点）にはなにもない。なにも、とは、とくに見るに値するものはなにも、という意味である。迷宮の中心にあるもの、それは財宝ではない。考えてみれば、当の迷宮自体が金でできている至高の財宝なのだから。中心にあるもの、それは意外なもの、予期せぬもの、ここの文脈において端的にいえば、失望である。

迷宮の突飛な統辞論的構造と中心の空虚に由来する驚き＝失望。建物の迷宮性は、こうした心理的効果に加え、さらに概念的効果として、建物の全体としての意味を、すなわちその全体性を、不確かなもの、捉えがたいものとする。宮殿全体を見学したはずの語り手は、当の建物を全体として構成するはずの中心を発見することができない。ゆえに、結局それを全体として把握することができない。そこで彼はこの全体性の欠如を、ほかならぬ「迷宮」という観念によって事後的に合理化しようとする。

いまやたしかに宮殿の全部を見たように思う。だが、相変わらず部屋の配置、全体の図面が把握できない。独りでは迷宮の中にでも入ったように迷子になってしまうだろう。(35)

迷宮全体を通過し終えてみて、訪問者は結局なにも見出すことなく、せめて迷宮の全体の構造を見通すことさえできず、なんの収穫もなしに手ぶらで帰ることとなる。通過の前後にあるべき弁証法的変化も、超越的なものへのイニシエーションも得られない。なにも発見できなかったということではない。発見に値するものがないことが発見されたのである。

いくら「迷宮」の喩えで合理化してみても、この迷宮は奇妙な迷宮だ。まず、この迷宮というトポスないしシークエンスにおいて、その行為論的帰結は中心への到達、未知との遭遇、怪物との格闘ではない。それは出口であり、単に脱出することである。それも自力で難関を突破し脱出に成功するというのでもない。なにせこの迷宮では、そもそも迷う心配などなく、脱出の努力も要らない。「幸いにもわたしの案内役がわたしを、わざわざ靴を履かせてくれた上で送り返してくれる」(35)のだから。お帰りはこちら、というわけだ。迷いを制御してくれる（交通を整理してくれる）ガイドのおかげで迷うというトポスさえここでは空回りしてしまう。冒険という物語が意味をもたず、成立しないのだ。

　結局、迷宮のトポスを本質的に決定しているのは、探求ではなく、交通のテーマである。より正確にいえば、ここでは交通のテーマのほうが探求のテーマよりも支配的、決定的に作用しているのであり、それも、顕在的テーマである後者が潜在的テーマである前者を合理化・自然化する形で展開されているのである。

二つの橋

　語り手はジンに引かれていたるところを駆け巡るが、ジンによって形象化されるテクスト上の交通は、原理的にはあらゆる場所に通じていながらも、差異や隔たりを還元するものではない。類型的にいえば、俗（ジャポヌリI）と聖（ジャポヌリII）は、互いに疎通しあう空間でありながら、それによって融合することはけっしてなく、一方の他方に対する差異はあくまで維持される。曖昧なのはその境界線の位置であって、それがどこにあるか判然としなくても、境界線自体は厳然としてあるのだ。階層化する隔たりをあざやかに形象化しているのが、日光における俗界と聖山をつなぐ二つの橋である。

［…］村はその［＝聖山の］ちょうどふもとのところで終わっているが、聖山からは、雑然と崩れ落ちた岩の上を轟音をたてて流れる広く深い急流で分け離されている。二つの湾曲した橋がその激流の上方、ずっと高いところに架けられている。一方の橋は花崗岩でできており、われわれがいまから渡る参詣者の橋、一般庶民の橋である。かたや、その向こう側にある壮麗な橋は、五世紀前に当時の皇帝たちとその驚くべき行列のためにつくられたもので、一般庶民が渡ることは禁じられている［…］。（190）

橋は異なるものをつなぎ、通じさせるもの、交通を可能にするものであるが、橋と橋のあいだを渡ることはできない。ここで橋は双数化し、通じさせるものの象徴であるとともに、到達することのできないものの象徴、ひいては到達ということ自体の否定の例証ともなっている。聖と俗の差異は絶対的なもので還元することはできない。その上、それは単に空間だけの問題ではなく、より本質的には時間（「五世紀前」）の問題である。二つの橋は「古い日本」と「近代日本」を隔てる「時」の空間的形象化なのである。過去に達するには向こうの橋を渡らなければならない。しかるに、こちらの橋からあちらの橋に架かる橋（橋と橋をつなぐ橋）などというものは存在しない。

さて、聖と俗の空間は、差異を維持しながらも、交通によってとにかく通じてはいる。ただし、さきに述べたように、両者を隔てる明瞭な境界は見あたらない。「どこまでが神で、どこからが玩具なのか」。もとより境界そのものがないというのではない。境界はどこかにはあるのだが、どこにあるのか、その位置を画定できないだけである。

一方、上の引用個所では、境界は「激流」によって明確に引かれている。が、その境界は橋によって容易に越えられてしまう。一方では位置づけがたさにおいて、もう一方では越境のあまりの容易さにおいて、「境界」というものの意味が平板化し、非本質化してしまう。つまり、境界のこちら側とあちら側は通じてはいるが、こちら側からあちら側に達するということはない。それゆえ越えるということにしかるべき価値が認められなくなる。越境（境界侵犯）はあっても、もはやそれが超越的・神秘的なものへの到達、ないし本質的なものの獲得を意味することはないのである。

じつのところ交通というものは、むろん上昇や下降の動きをも示しはするが、ほかならぬ上昇や下降においてさえも、それは本質的に平面性であり、表面性なのであって、飛躍や深化ではない（落下は、次節で見るように、交通が不可避的に含意する不測の事態として交通に組み込まれている）。交通はその本質において平坦さを含意する。逆にいえば、交通があるところではつねに超越性や根源（始原）などの目的性の次元は消失する。その意味でいうと、目的地（destination）は交通の自然主義的口実にすぎない。ここでもまたこのテクストの本来的テーマが到達や獲得ではなく、交通それ自体であることが明らかになる。

二つの橋、それは交通を肯定するとともに到達を否定するもの（あるいはむしろ、到達を否定することによって交通を十全的に肯定するもの）であり、その意味で通過の反語的形象なのである。

対話／会話

語り手は日本のことも、日本人のことも、結局のところなにも理解できない。それもたまたま（理解力不足、知識の欠如から）そうできないということではなく、そのようなことはそもそも不可能であるとアプリオリに、イデオロギー的に、人種主義的説明に基づいて断じられているのである。

しかしながらこのような理解不可能性の設定は、対象の理解という深さの方向（交流＝交換の垂直的次元）とは別の方向づけ（交通＝流通の水平的次元）をテクストに付与しているように思われる。

じじつ語り手の日本人との関係においては、いかなる種類のコミュニケーションも成立していないというわけではない。類型化して述べるなら、本来的コミュニケーションとしての対話は不在だが、非本来的なコミュニケーションとしての会話は随所に見られる。たとえば、大阪から京都への車中での日本婦人との会話（6）、花魁とその身内や友達との「会話」（46）、鹿鳴館で婦人たちとの会話（96）、通訳嬢との「会話」（100）、日光の宿の女中たちとの「会話」（181）等々。

京都から神戸へ戻る途中、立ち寄ったある表具屋らしき店の前で用が終わるのを待ちながらたたずんでいた語り手は、外国人を見つけて物珍しさからおそるおそる近寄ってきた小さなムスメの一群に取り巻かれる。彼女たちは、はじめおずおずしていたが、やがて馴れてきて、「おじさんはフランス人ですか、イギリス人ですか、年は幾つですか、独りでなにしに来たのですか、箱にはなにが入っているのですか」などと、他愛のない質問をする。

［…］と突然、彼女たちのいうことが理解でき、大した困難も覚えずに彼女たちに分かるように答えられることに、わたしは驚きをおぼえた。この日本と日本語とはごく最近のつきあいであり、頭の中でもちゃんと整理されているわけではないのだが［…］。もはやわたしには、自分が発音するこれら未知の単語の中に自分自身の声の響きを認めることができない。その響きはもう自分自身ではないかのようだ。（71-72）

ここで「分かる」、「理解できる」のは相手の言葉の字義通りの意味であり、もとより相手も字義通りの意味以上のことを伝えようとしているわけではなく、また、こちらもそれ以上の意味を読み取ろうとしているのではない。しかもこの会話は、複雑な推論や深い感情や未知の情報を内容とするものではなく、外国語学習でいういわゆる会話の初歩で習うような型通りの（挨拶や自己紹介等としてコード化された）問答にすぎない。この字義通りの単純素朴なやりとりが含みとしてもっている唯一の意味は、「わたしはあなたの存在を認知します」、あるいは「あなたと共にこの同じ場にいることをわたしは是認します」という、いわゆる交話的意味（R・ヤコブソン）である。

ちなみに、会話（conversation）の原義は、《se tenir habituellement dans un lieu, vivre avec quelqu'un》（*TLF*）、すなわち、「習慣上一つの場所に身を置くこと、誰かとともに過ごすこと」である。会話への欲求が自己の存在を他者に認知させたいという欲求であるとしてみよう（語り手が誘ってはならない「皇族の妃殿下」の一人を踊りに誘う場面（98-99）には、そうした欲求の萌芽が認められる）。仮にそうだとしても、そこにヒステリックな内容はない。ここでいう存在とは、充実した人格としてのわたしではなく、たまたま今ここにいて、あなたと出会い、一つの場を共にしている偶然的個別的存在としてのわたしである。そしてここでいう認知とは、他者とのいわばヘーゲル的な緊張関係（主人と奴隷のそれ）を含意する認知ではなく、単に他者と場を共にしていることの確認（書くことの次元でいえば場所を共にしたことの記録・証し）にすぎない。それゆえ、会話の意味は本質的にはむしろ他者の存在の是認にあるといえよう。

　会話の遂行を通しておこなわれる他者の是認は、他者が属する場所、習慣、規約への同意である。それは対立と否定を介在させない主体の非弁証法的変容を含意する（「それはもうわたし自身ではないかのようだ」）。前段の引用個所につづいて語り手が、「その晩のわたしは、それらの娘たちをほとんど美しいと思う。それはきっと、すでにわたしがそんなアジアの端っこの人たちの顔に慣れてしまったからなのだろう」（72）と考えるのは、そうした同意の表れであろう。

　このような他者化の経験はいわゆる疎外のそれであろうか。なるほど、そこには自己自身に対する疎遠さや、本来性・固有性の喪失が生じているかもしれない。しかしながら会話とは、そもそもそうした本来性・固有性への執着を（完全に絶つというのでなければ）暫定的に（相手に対してというよりも自分自身に対して）緩和ないし中断する時間《エポケー》＝空間なのではないだろうか。たとえ愚かしいほどに素朴な会話ではあっても（あるいはまさにそれゆえにこそ）、自分自身の変容を不思議に感じる語り手のように、そこにある種の驚きと喜びが生じないともかぎらない。会話は本来つねに初級にとどまる意志を含意し、中級ないし上級への格上げというヒステリックな欲望には結びつかないものなのではないだろうか（逆にそれに結びついたとき対話への欲望が芽生えるというべきか）。してみると、（初級）会話が言語のある種のユートピアを指しており、倫理的な企図に結びつくということもありうるのではないか。

四十七士の墓（泉岳寺）を訪れた語り手は、案内の僧侶の説明（四十七士の物語）を聞くが、その日本語は日常の会話の日本語より数段高度で、彼にはなにを言っているのか十分に理解することができない。しかし、「わたしは退屈せずに聞く」（268）。ここでは説明（情報の提供）が会話へと変容してしまっている。聞き手は話を聞くこと自体には集中しておらず（そもそも彼はその内容をおおよそ知っているのだから）、そのかぎりでは不謹慎な聞き手であるとさえいえよう。だが、そもそも会話におけ る話の内容など、口実にすぎないのではないか。会話の本当の意味（そこでまさしく交わされるもの）は、その中にではなく、むしろその傍らにある。そして、そこを流れて行くのは、固定した意味ではなく、まさしく流動的意味、むしろ感覚（sensation）に近い意味（sens）なのだ。

「観菊御宴」において、皇后ハルコは招待された各国の婦人たちを一人ずつ呼んでふたことみこと、ごく簡単な言葉——「意図的に素朴な質問」——を通訳を介して交わす（語り手はこれを「閑談causeries」（349）と呼んでいる）。

ニエマ嬢はフランス語で、妙に上品な調子で通訳する。それは意図的に素朴な驚くべき質問であ

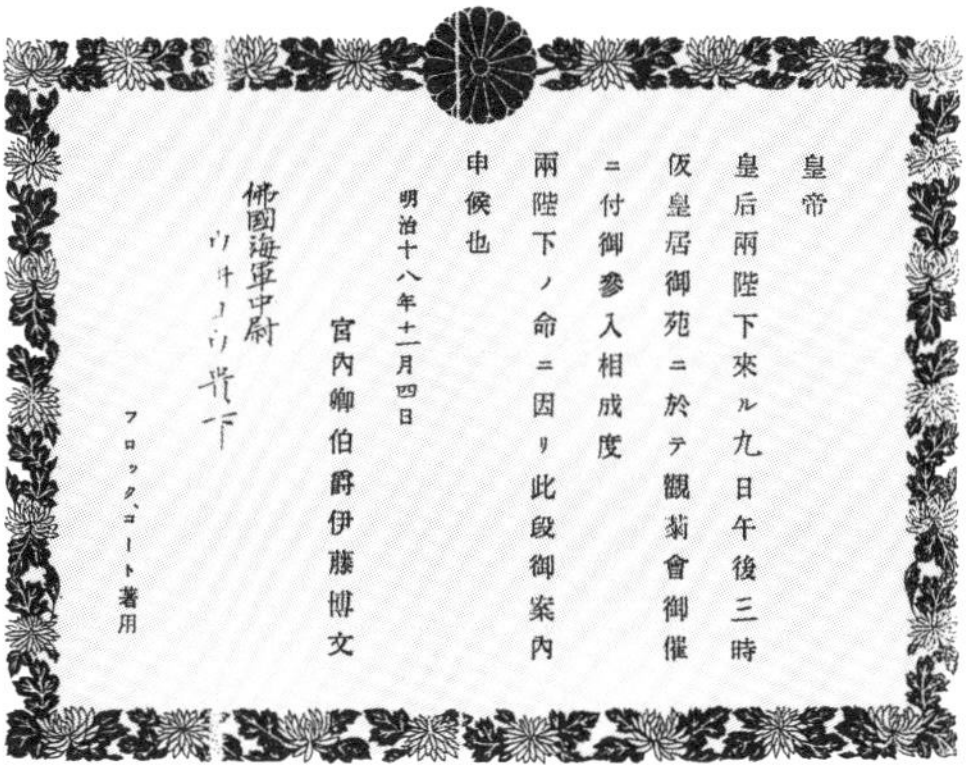

皇帝
皇后兩陛下來ル九日午後三時
仮皇居御苑ニ於テ觀菊會御催
ニ付御參入相成度
兩陛下ノ命ニ因リ此段御案内
申候也
明治十八年十一月四日
宮内卿伯爵伊藤博文
佛國海軍中尉
貴下
フロック、コート著用

上　皇后美子　ロチは美子《ハルコ》をImpératrice Printempsすなわち春子と読んだ。

下　明治十八年の天長節に鹿鳴館でおこなわれた舞踏会への招待状

る。昔日の仙女たちが、彼女たちの世界に迷い込んだ人間たちにしたであろうような質問だ。

［…］

「皇后様におかれましては、貴女様が日本を気に入られたかどうか、お尋ねで御座います。

「皇后様におかれましては、貴女様がわたくしどもの庭の花を気に入られたかどうか、お尋ねで御座います。

「皇后様におかれましては、貴女様がわが国に御滞在中つつがなくお過ごしになられますよう、切望しておられます。」

いやはや！　人種のかくも異なり、おそらくは観念と感情の全領域においてたった一個の接点さえもたないであろうこれら婦人たちのあいだで、ほかに何を話すことがあるというのだろう。このような子供じみた愚言が交わされるあいだ、皇后は非常に繊細で優しい様子で微笑んでおられる。（349-350）

なるほど、それがいかに「素朴な」――愚かしい――会話であろうとも、ここでもなにものかが交換されているにはちがいない。しかしそれは然るべき観念でも感情でもない。意味のないもの、無に等しいものだ（「子供じみた愚言」）。重要なのは、通じているという事実それ自体であって、その内容は副次的な意味しかもたない。質問の内容が「意図的に素朴」といわれるのも、どうせ本質的なことはなにも通じはしないだろうとの予測（逆にいえば、本来そこには伝えるに値するなにものかがあるべきだ、というイデオロギー的予断）があるからであろう。

だが、こうした懐疑的でありながら、そのじつ独断的な事態の想定は、むろん皇后自身によるものではなく、皇后に同一化して語る語り手によるものである。じつのところ、この質問の素朴さはあるテクスト的機能を担っており、それは、対話への誘惑を挫く、あるいはむしろ、対話への欲望を殺ぐという機能である。そして、とりわけそれは通じないという事態をぜひとも回避するための配慮に由来する。対話がなく会話があるのは、交流よりも交通（交通という意味でのコミュニケーション）そのもののほうが重要だからである。なるほど会話は儀礼的なものにすぎない。だがそれは、交流よりも交通を、伝達よりも疎通を重視するテクスト的エートスに適うものなのだ。

最後につけ加えるなら、通じるものとしての言葉は本質的に、そして徹底的に世俗的なものである。これについては次の引用を挙げておくにとどめよう。鹿鳴館で着飾った貴婦人たちと会話を交わしているとき、語り手は、彼女たちの口から日本語が発せられるのを聞いて奇妙な印象を抱く。

> 思いがけなかったのは、これら今ふうの身なりをした踊り手たちの口から日本語の単語がでてくるのを聞くことだった。これまでわたしは、この言語を町人や商人や、みんな一様に人形の着るような長いキモノを着た一般庶民を相手に、長崎でしか使ったことがなかった。舞踏会の衣装を着たこれらの婦人たち相手では、もはやどんな言葉遣いをすればいいのか分からない。(95)

語り手は貴婦人たちが上品な言葉遣いをしていることに驚いているのではない。自分の理解できる言葉が彼女たちの口から発せられること自体に驚いているのだ。かくして、交通が世界を平坦化するのと同様に、通じるということは人を平等にする。[7]

金と菊

語り手は日本のいたるところに象徴的形象を見出すが、その意味を把握することはできない。「われわれにはそれらの象徴が理解できない」(32)。語り手が知っているのは、鏡が真理を象徴するということぐらいだが、それは西洋にも通じる、普遍的といえばいえるが、ある意味ではむしろ陳腐な紋切り型の象徴にすぎない（もとより鏡が真理の象徴なのは、それが真実を正確に映すからなのか、映された世界が空無だからなのかは不明だが）。

むしろ理解できないということが理解すべきものの不在を意味するわけではない。それどころか語り手はつねに秘められた深みへの関心を示している。作品において、象徴のありかを示す指標、あるいはむしろそのほとんど陳腐化した記号となっているのは、「深み profondeur」(18...)、「向こう側 au-delà」(165)、「裏側 dessous」(217) を暗示する「ほの暗さ demi-obscurité」(288...)、あるいは「薄暗さ pénombre」(227...) である。

『秋の日本』における象徴的物質のなかでも、その神秘的な質とおびただしい量において際立っているのは「金」である。語り手は、稲荷神社の狐が口にくわえている金色の物体が何なのか、つまり、その象徴的意味が何なのか、知りたく思う。「寺のあの狐たちのとがった歯のあいだにあるいつも同じあの金色の小さな物体がなにを表しているのか、わたしには分からない」(44)。ここで注目してみたいのは、その「小さな物体」それ自体、すなわちそれがその形態においてなにを表しているかではなく、「金」という物質そのものである。

物質としての「金」はなにを表しているだろうか。一般に、「金」はあらゆる卓越したもの、貴重なもの、疎外＝譲渡しえないもの、要するに至高の価値の象徴である。言い換えれば、それは最終的・絶対的目的であって（錬金術的含意）、いかなる意味においても手段ではないものの象徴である。だが、まさにそれゆえにこそ、それはあらゆるものに取って代わりうると同時に、なにものによっても取って代わられることができない（「金」はなにかを喩えるものであって、なにかがそれを喩えるところのものではない）。つまり、あらゆるものを交換・象徴しうるが、みずからを変質させ、みずからの価値を下落させることなしに他のなにものかによって交換・象徴されることはない。それは他の諸々の事物の価値をはかる根源的尺度、始原的基準であり、あらゆる本質的なものがそれと比較されることを望むが、それ自体をなにかに比較することはできない比較の原器、あらゆる卓越したものを象徴しうるが、それ自体はなにものにも象徴されない象徴の零度である。

かくして、あらゆるものに取って代わりうるが、なにものによっても取って代わられえない「金」は、比較・交換の原点、すなわち象徴の連鎖における原象徴であると同時に、象徴の網の上の盲点でもある。象徴化不可能な象徴、その向こうにはいかなるシニフィアンもない（したがってシニフィエとなりえない）根源的シニフィアンとして、「金」は事物の固有性、本来性、不動性を代表するもの、さらにいえば象徴不可能性を象徴するものである。それは頑迷にそれ自体でありつづけ、それ自体であるにとどまる。固有の場を離れ、流通することがない。

さて、「金」が至高の価値を表すということは、ものの交換価値ではなく、ものの固有の価値を代表するということであろう。「金」はものの交換価値ではなく、それが自分自身以外にみずからに値するものをもたないということである。ところで、一般に、あるものが意味をもつということは、それがそれ自身とは別の、それ自身よりも重要な価値、少なくともそれ自身と等しい価値を担うということである。ものは自分自身と同等以上の価値をもつものに差し向けられ、それを支持するものであるかぎりにおいて意味をもつ。逆にいうと、それ自体において価値をもつということは、それ自体としては意味をもたないということであろう。であるなら、厳密にいって、「金」は自分自身以外に自分自身と等価な対象をもたないのだから、有意義なものに差し向けられない、無意味なものということになる。「金」はみずからのうちに同語反復的な無意味さ——金は金である——を抱えている。

同じことを記述（描写）のレベルで考えてみると、記述とは、一般的にいって対象をそれと等価ななにか別のものによって代理し表象することである。記述は記述される対象の価値を志向する。この点、象徴は記述の優れた方法とみなしうるが、それならばなにものによっても象徴されえない「金」は記述不可能な対象であるということになるだろう。記述は対象と等価であろうとする。しかるに、金は等価物（金を象徴する他者）をもたない。ゆえに、それは同語反復（「金は金である」）に陥ることなしに記述することのできない対象であり、その意味で描写的には不毛な対象である。

記述されえないものは、意味をもたず、単にそこにあるものとして、ただ記録されうるのみである。東照宮の記述を例にとってみよう。そこでふんだんに使われてある金は、至高の価値を代表する。しかしそれはなにも意味しない。東照宮を描写しようとする語り手は、金がそこにあるごとにそのつどそれを「金」と表記するが、そうすることは、記述を萎ませ平板化すること、つまり、記述の隠喩性＝意味（記述が記述の対象に値する能力）を減じることであり、対象をその事実性（それが単にそこに在るということ）に還元することである。「金」は記述の対象とはなりえず、記録の対象でしかありえないことを、語り手も感知している。彼は「財産目録」という、この際もっとも適切と思われる比喩を用いてこう語っている。

> ［これほどの金を］見るのが疲れるなら、ましてやわたしの描写を読むのはもっと疲れることだろう。それは描写というより、金という言葉が否応なしに一行ごとに現われる、事細かに記録した一種の財産目録でしかありえない。（228-9）

「金」の象徴（たとえば狐がくわえている金色の物体の意味）を読み取ろうとする語り手は、ある意味で不毛な試みをしている。その意味が結果的に読み取れないからではなく、読み取るべき意味などもともとないからである。なるほど、文化的コードを参照してみるなら、それは形態として観念的に

「稲」を象徴している。しかしながらその同じ対象は、テクスト上、物質としては象徴不可能なものの象徴である。「金」のこちら側にはあらゆるものがあるが、その向こう側にはなにもない。目的性の観念は「金」それ自身のうちで完全に尽きてしまっている。黄金の建造物、東照宮の中心にあるのは空虚──「なにもない」(222)、「墓を閉じこめている小さな庭」(223)、「虚無の小さな中庭」(227)──である。金が厳密に象りうる唯一のもの、それは至高の無意味である。そして、等価物をもたない金は、正当な交換によって合理化し、自然化することができない。おびただしい金の描写が、制御可能な現実的視覚ではなく、統覚しえない夢幻的視覚──「金の夢 le rêve d'or」(256)、「金の悪夢 un cauchemar d'or」(212)──をもたらすのもそのためであろう。

作品において、「金」と並んで固有性・象徴不可能性を代表し、「金」と同じようなテクスト的効果を生むのは「菊」である。とくに「観菊御苑」や「江戸の舞踏会」におけるおびただしい菊の花は、描写しえないものとして、そのつど記録されるのみである。(8)

「菊」は、西洋の貴族と日本の皇族・華族・士族との対応関係のように、社会的コードに照らして等価性が成り立つレベルでは理解可能・翻訳可能である。それはたとえば、国花として様式化された図柄においては日本という国を象徴する──「日本における、わが国の百合の花の等価物であるそれら大きな菊の御紋」(83)。しかし、物質性においてそれ自体として与えられた菊花群は概念把握できない(言い換えれば、交換不可能・翻訳不可能なものとして提示される)──「わが国の秋の花壇にはないにもその観念を与えてくれるもののない日本の菊の三重の生け垣」(84)。

かくして、東照宮の「金」を目にしたときと同じように、観菊御苑における「菊」に対する実在的視覚は夢幻的視覚へと変容してしまう――「そこにあるのは、菊の別種の展示――というより、菊についての別種の空想である」(332)。象徴的弁別的システムにおいて社会文化的レフェランスとしては解読しうる「菊」も、その実在性・物質性においては象徴性を欠いたただ単にそこに在るものとして、その事実性において記録されるのみである。それはなにかを象徴しうるが、なにによっても象徴されえない。

結局、「金」と「菊」はテクストにおいて修辞上同じ地位に置かれている。この点、「菊」(クリザンテーム)は、ギリシャ語を語源とし、「金」を表すchrys(o)-と「花」を表す-anthèmeからなるというのは示唆的だ。「菊」、それは「金の花」であり、さらにいえば「黄金の国」日本の同語反復的象徴なのである。

貨幣と合金

「金」はあらゆる至高の価値、なにものによっても代理しえないものを象徴するが、まさにそのことにおいてなにものによっても代理・象徴されえない。それは固有の場を離れないものの不動性と不毛性を表している。固有性としての「金」の不動性・不毛性を乗り越えるには、それを契約的に代理し、流通を媒介するものが必要とされる。「金」の契約的代理表象物、それは貨幣《カネ》である。

固有の価値をもつが、それ自体は意味をもたない「金」とは逆に、それ自体としては固有の価値をもたないが、交換されることにおいて意味をもつもの、そのような契約的機能を担うものである貨幣は、それがなにに値するにせよ（言い換えればそれが媒介する交換が正当か否かにかかわらず）、いずれ流通するという点で現実的なものを代表している。

　貨幣はなにに値するか。それは、それによって交換される個別の対象以上に、より現実的には交通＝流通そのものに値する。作品では代金の支払いの場面がしばしば描かれるが、その際語り手が支払うのが、もっぱら交通の代価（乗り物代、通行料、拝観料など）であることは示唆的だ。それがなにに値するのかは別にして、本来不動のものである日本の事物――置物（japonerie＝bibelot）から、死体（日光の熊の毛皮――熊（ours）はテクスト上東照宮の金（or）に通じる）、女性（遊廓の女郎）、物語（赤穂浪士の物語、ひいては『秋の日本』という物語）まで――は、現実にはどれも商品として流通している。日本のもの（ジャポヌリI）は、日本の置物のごとく大した価値はない（内容は空虚である）が、とにもかくにも流通する。商品において重要なのは、それが固有にもつ価値ではなく、それがとにかく交換されうること、そしてそれによって流通するということ自体である。

　それ自体において至高の価値である「金」は、流通せず、不動のものであることにおいて神秘性を帯び、象徴の効果をもたらす。しかし、この固有性・不動性は絶対的なのであって、そこに対象の象徴不可能性・理解不可能性が由来するのだが、同時に、その同じ場所から、対象の理解という深さの方向（象徴・交換の垂直的次元）とは別の方向づけ――日本《ジャポン》から日本的《ジャポヌリ》なものを派生させる差異――が生じてくる。それが交通ないし流通の水平的次元である。そして、その水平方向の運動を媒介するのが「貨幣」である。「貨幣」は、それ自体においては固有の価値（象徴的深み）をもたないが、なにに対してであれ、いずれそれが交換されることにおいて意味（実践的流れ）をもたらすのである。

「金」と「菊」はものの固有性・本質性を代表するが、それはまたものの純粋さ（異物の不在）をも表している。それは一方では「貨幣」に対立するが、他方では「合金」に対立する（前者は「ジャポヌリI′」に通じ、後者は「ジャポヌリII′」に通じている）。

「公式の笑劇 farce officielle」（101）ないし「万国狂乱会 mêli-mêlo universel」（104）と評される鹿鳴館の舞踏会は、隣接してもけっして融合することがないものどうしの突飛な組み合わせからなる「オペレッタ」（87）であり、「日本と一八世紀フランスの混ぜ合わせ［＝合金 alliage］」（86）を演出する舞台である。その純粋さにおいて日本の象徴として機能する「菊」は、同時に日本のイメージ＝記号として流通するにいたる。じつに、「金」も「菊」も、みずから「合金」を構成する要素なのではないか（この点「菊と怪物の銘の入った日本の銭」（14-5）は、「貨幣」と「合金」のテーマを統合して形象化している）。

いずれ物が交換されるということは、それがみずからの固有性と純粋性を（少なくとも）一部失うということである。そして、みずからの固有性・純粋性を（少なくとも一部）喪失しているからこそ物は流通するのだ。交換しえないものは流通しえない。本来的なもの・純粋なものは交換不可能であり、したがって流通不可能なのである。

双数性と二重化

聖と俗、日本と西洋、幻想と覚醒、期待と失望、上昇と下降……。『秋の日本』はある一定のリズムに貫かれている。それは交替（alternation）のリズムであり、厳密に二項的であって、対立を欠き、非弁証法的で、媒介的第三項や総合・超越をあらわす最終項＝目的地はない（リズム以外にあるのは、そこからの単なる出発ないし脱出——ほかならぬ語り手の帰国——だけである）。ここでは対立や媒介に対して、つねに双数と交替が優位を占めている。

日本のものはけっして単数ではなく、つねに双数であり、複数あるものでも、その原理はやはり双数性である。清水寺の境内の寺院について、つぎのような記述がある。

> 二番目の寺院は一番目の寺院に似ている（中略）。ただ、こちらのは、崖の上方で宙に吊られ、張り出した状態で建てられているという点が特徴だ。（19-20）

同様に、日光霊山にある二つの中心的建造物、すなわち家康（Yeyaz）の東照宮と家光（Yemidzou）の大猷院についてもつぎのように語られる。

> 森の中のある別の区域では、家光の御霊を祀った寺院がほぼ同じような壮麗さを示している。（中略）内部には、家康のところと同じように金が煌めく。まったくもって、これら二つの霊廟

のうち、どちらがより美しいとはいえない。驚くべきは、よくも同じ一つの国民にこのような代物を二つも造る時間があったということだ。後者に特徴的なのは、（後略）。（225-226）

二つの建造物は大体同じであるが、それぞれに特殊性をもっている、と語り手はいいたいのだろうか。否。これらの叙述の真の内容は、付随的な相違はあるものの、それらは結局のところ大差ない、ということだ（「ただ Seulement」という接続詞、「と似ている」、「と同じような」、「大体等しい」という叙述の仕方、そして「驚くべきは、よくも同じ一つの国民にこのような代物を二つも造る時間があったということだ」という見解）。つまり、ここでももっぱら意味されているのは、両者の偶然的差異ではなく、本質的差異の欠如なのだ。両者は随所で異なっていても、おおよそのところ似かよっており、したがって対立もしなければ、厳密な対称《シンメトリ》も対照《コントラスト》もなさない。この近似的同一性において（すなわち両者のあいだで）は、必然性、固有性、中心の観念が欠落する。

この作品には、しばしば似かよった対象が二つ描かれている。仏像（奈良と鎌倉）、風俗（京都島原と江戸吉原）、建造物（日光東照宮と芝増上寺）などがそうだ。これは、描かれた現実の対象の次元では単なる偶然の結果であろう。だがテクストのレベルでは、当の叙述は一方が他方の固有性を失わせるような効果をもたらしている。いってみれば、一方が他方の余分な付録のようなものとなっている。

同様に、日本に固有と思われる対象が、西洋におけるその対応物との類似性において知覚されるという描写がしばしばみられる。自然の風景（「半ば目を閉じると、ヨーロッパのどこか、たとえば彼方にアルプス山脈を望むドフィネ地方のよう」(4)な車窓からの眺め)や、都市の眺望(「一見ほとんどヨーロッパの街のよう」(15)な京都の街)、習俗(「カトリックのミサによく似ている」(35)日本の宗教儀式)などがそうだ。むろんそこには、よく見ればさまざまな細部の相違はある。しかしながらこれらの類似性の発見は、二つの寺院の例と同じく、両者の差異を際立たせるものではなく、一方の他方に対する固有性を減じる効果をもつ知覚なのである。

さらには、テクスト外的知識ないし知覚に参照させる指示形容詞(「あの ce, cette, ces」)や、同様のアナフォリックな機能をもつ「永遠の＝例の éternel」、「いつも toujours」、「同じ même」、「似たような pareil」などの、安易にといっていいほど頻繁に使用される語は、(ほとんど工業的な意味で)規格化されたものにおける固有性の欠如に差し向けられている。

ここであらためて想起されるのは、本来の意味での「ジャポヌリ」(ジャポヌリI)、すなわち日本製の美術工芸品《ビブロ》のことである。それらは単に双数的であるばかりでなく、さらには累乗的に双数化してゆく(その崇高さの域にまで激化された形象が三十三間堂の仏像群であろう)。叙述は、対象それ自体をその実質において描くのではなく、すでにあるイメージや知に送り返されることからなる。かくして、類似の指摘やアナフォールの使用は、詩的感興をみちびく異種の結合ではなく、むしろ興をさます失望的メッセージに属する。

この作品における反復と参照は、実質的記述の放棄であり、必然性・本質性・固有性の欠落を意味している。テクスト外部への参照として機能する指示形容詞や比較は、必然性を欠いた反復、本質性を欠落させる流布を想定しているのだが、それは結局、当の対象に固有性を拒むことであり、描写的価値を認めないことなのだ。

交換の恣意性、流通の現実性

すでに見たニエマ嬢の通訳も、泉岳寺の僧侶の話も、その中身は、一方は完全にコード化されているもの、他方は聞き手がすでにその大筋を知っているものである。そこには対話的契機が欠けており、知的・情報的価値は大して認められない。話は通じてはいるが、意味のある実質的交流（知と情報の交換）があるわけではない。

この作品においては、流通＝交通と交換＝交流の問題が、あるときは文字通りに展開され、あるときは会話や物語というトピックにおいて、あるいは貨幣や合金という形象の下に主題化されている。そこでは、流通＝交通が現実的なものとして描かれているのに対し、交換＝交流は恣意的なもの、想像的なものにすぎず、さらには疑わしいもの、不当なものとして与えられている。

実際、語り手が描く日本においては、交換が妥当なものであるかどうか、換言すれば、等価性が成り立っているかどうか、つねに疑わしく思われる。語り手はいたるところで金銭に対するこだわりを示しているが、それは自分の支払う金とそれが支払われる奉仕ないし物品とのあいだに正当な等価関係があるのかどうか、つねに疑わしく思われるからだ。ジンの雇用料にしても、宿代にしても、商人たちの売値にしてもそうだ。日本人は油断がならず、内面を見透かせない腹黒い人種として描かれており、語り手はほとんどアプリオリなともいえる不信感を抱いている。

また、表面と内面の一致、すなわち一方が掛け値なしに他方に値するのかどうか、これもつねに疑わしい。構造的にみて、由来の両義性を仮にいかがわしさと呼んでみるなら、日本にかかわるものはその一切がいかがわしい。

たとえば、「江戸の舞踏会」で一八世紀フランス風のドレスをまとっていたイノウエ伯爵夫人とナベシマ公爵夫人は、「観菊御苑」においては古代日本の装束で現われる。「彼女たちが変装していたのは、舞踏会のときだったのか、あるいはまた今日なのか」(325)。彼女たちの本来の姿は見分けがたい。どちらがどちらに対する変装なのか、決定不可能である。変装がそれに対して変装であるところの実体、その固有性の観念が(もとより変装の観念とともに)その意味を失いかけている。[9] その上、伯爵夫人はもと芸者であったというもっぱらの噂である(85)。芝居の俳優(歌舞伎の女形)のいかがわしさ(60)、堅気ふうの店のいかがわしさ(277)、日本の着物のいかがわしさ(307-8)……。いたるところに人をかつぐ二重性、他者をかたる詐称があり、(性であれ、人格であれ、金銭であれ、言葉であれ)妥当な交換は見当たらない。

こうしてみると、まるでこの国においては、正当な交換の根拠となるべき固有の実体という概念が欠落しているかのようだ。だが流通というものは、元来、固有性を廃するように作用するのではないだろうか。なるほど、形式的物理的に交換がおこなわれてはいるが、流通は交換の内容に頓着しない。交換の内容は流通によってその固有性を失うのであり、また、固有性を失ったものしか交換の対象とはならず、流通の対象とはならない。結局、交換＝交流は流通＝交通に付随する恣意的現象、想像的効果にすぎない。前者は後者を自然主義的に合理化するアリバイにすぎず、真に創始的で現実的なのは、あくまで後者、すなわち交通のほうなのだ[10]。

二　落下について

放物線の詩学

本来的には代理不可能なものである「金」を契約的に代理し、流通を可能にするものとしての貨幣……。だが、そのようなものとしての貨幣も、いずれは流通から外れて、通用しない古銭のたぐいとなってしまうのではないか。他方、貨幣は、本来的に世俗的で本質的に平坦さを含意する交通を離れて、聖なるものへの飛躍を求め、投擲の対象となることがある。しかしながら、本来の場を離脱して投擲された貨幣は、やがて単なる物体としての姿をあらわにし、超越的なものに達することなく、自然の法則に従って落下する運命にある。作品において、執拗に響く賽銭箱に投げ込まれた硬貨の音を聞いてみよう。

> 他の信者たちのように、わたしもまた、僧侶たちの囲いの中に硬貨を何個か投げ入れる。それはもう沢山散らばっていて、畳を覆っている。(57-8)

［…］硬貨の音もする、ひっきりなしに投げ込まれ、大きな駕籠に似た四角い格子枠のついた木箱の中に落ちていく賽銭の音だ。（287）

［…］神々への喜捨として投げ込まれ、緩慢に滴り落ちる雨粒のように、ひとつひとつ落下する硬貨の絶え間ない音［…］。（291）

放物線を描いて落下し、ぶつかり合う硬貨の音……。ところでそれは「ジン、ジン Dzinn！dzinn！」と鳴っているのではなかろうか。これは『お菊さん』で、クリザンテームが語り手から同棲の代価として支払われた貨幣を床に投げ、偽金でないかどうかを調べるために金槌で叩いてみたときの、あの音である。(11) これは意味のない単なる偶然の一致にすぎないだろうか。だが、貨幣は「金」の契約的代替物であり、また、「オカネサン」（argent＝銀＝貨幣《カネ》）は「オキクサン」（Chrysantheme＝金の花＝日本女性の理想《イデア》）の契約的代理物であるとすればどうだろうか（「オカネサン」は「オキクサン」のモデルとなった人物の名前）。

『お菊さん』をもちだしたついでにいえば、ここにはさらに、かの人力車夫＝「ジン djin」の響きを聞くことはできないだろうか。これもまた恣意的で根拠のない連想にすぎないだろうか。しかし作品中の「クリザンテーム」＝「キクサン」とは、現実には彼女のいとこで人力車夫の「ジン四一五号」の名前だとすればどうだろうか（語り手は「キク」ないし「キクサン」と呼びかけてはいるが、作品中「オキクサン」という名は一度も使われていない[12]。そして、貨幣も人力車も、ともに交通＝流通を代表するものだとすれば。さらには、交通＝流通を担う者も、いずれはそこから離脱し、通用しなくなってしまうとすれば（その上、それらは廃用になってもイメージとして回収され、骨董のたぐいに堕しながらも、収集ないし観光の対象、すなわちいずれ商品として再流通するのだから……）。

話題を語りのレベルに転じてみよう。「聖なる都・京都」、「江戸」、「日光霊山」、そして「皇后の装束」は、それぞれ京都、東京、日光、鎌倉を訪問したときの出来事や印象を綴った記録である。形式的にみて、これらの四つのテクストにはある共通の特徴がある。それは、それらが夜明けから、午前、昼、午後、夕方、夜というように、一日の出来事を時間的に順を追って記述していることである。このこと自体はとりたてて指摘するまでもない平凡な事実であろう。

しかしながら、まず、それらの記述は必ずしも現実のクロノロジーに単純に対応しているわけではない。「日光霊山」を読めば明らかなように、そこでは内容的に数日間にわたる事柄が、一日という時間的単位の中に置きなおされ再構成されて叙述されている。つぎに、こうした叙述は、古典主義演劇論でいう時の単一に適合しようとする意志を思わせもするが、ここで一日に凝縮されて表象される時間的継起は、空間的には、単純な直線的・漸進的進行ではなく、規則的かつ断続的な上昇と下降の運動に結びつけられている。それはとりわけ、いずれのテクストにおいても叙述が太陽の放物線的軌道に沿い、それを辿るという形でなされていることに端的に表れている。このことは、上昇が登山に、下降が下山に象られてある種のリズムを構成する「日光霊山」にとくに顕著に認められる。しかるに上昇と下降は、それがどんな主題論的内容に結びつこうとも、それ以前に、その形式自体において叙述を支え、それに律動という形式的保証を与えている。このようなリズムは叙述の内容において、空間に移し代えられ、さまざまな形を取って形象化される。逆にいうと、そのような空間的形象は、生成原理として律動という時間的原理に由来している。じつにこうしたリズムは、以下に見るように、とりたてて小説的な何事も起きないこの物語を形式において支え、貫いている。

以上の指摘は、あるいは恣意的で無償のもの、さらには無意味なものと思われるかもしれない。しかしながら、交通がその潜在的構造となっているこの作品において、とりわけそれが本来的に平坦さを含意するものである以上、上昇と下降によって構成されるリズムという問題は、あえていえばことの理論的問題に直接かかわる重要なテーマなのだ。落下は、交通を規則的に遮断するものとしては、テクストにリズム——幻想と覚醒、期待と失望、緊張と弛緩、ロチに馴染みの言葉でいえば、enchantement と désenchantement、魅惑と幻滅の交替——を導入する。また、交通にとっての不測の事態を象るもの——交通にとって本質的に異質なものとして交通の本質を構成するもの——という意味では、テクストのイロニーをなす。いずれにせよそれは、テクストを深層で支える交通のテーマとともに、このテクストを構成するもう一つの重要なテーマであるように思われる。

原因なき効果

逆説的なこと、あるいは反語的なことと思われるかもしれないが、交通＝流通を下部構造とするこの作品には、つねに落下の音が通奏低音のように響いている。テクストにおいて、投げ込まれる賽銭の音とともに落下を音において鮮やかに形象化しているのは、日光の清流の流れ、「滝」である。興味深いのは、そこで音楽の比喩が使われていること、そしてとりわけ強拍と弱拍の交替がリズムを構成するものとして導入されていることだ。

いたるところ氷のように冷たい水の音が聞こえる。それは山頂から大小幾千もの滝となって、あるところでは激流をなし、またあるところでは厚い苔の下を伏流するただの細い水の流れとなって流れ落ちる。それは子守歌のように、いまは亡き皇帝［＝将軍］たちの御霊を慰める永遠の音楽である。その音楽は、聞くところによると、夏にはわずか緩やかな囁きにしか聞こえないほど静かになるという。この秋という季節には、それは一大オーケストラのように息を吹き返し、いたるところ遁走曲のように、加速された動きに乗って流れる。できれば、以下にわたしが描こうと思っている描写のいたるところで、一行ごとにこの水流の音を、読者がたいそう冷たく感じるように想起させたいものだ。(192-3)

形象化とはいっても、形態において記述されることがなく、単に音において「想起」されるだけであるのは示唆的だ。じじつ、ここでいう「滝 cascade」は語源的にも「落下 chute」を意味するが、このテクストにおける滝は音に還元されてしまっている。

ひるがえって音は落下の指標となっている。「日光霊山」のみならず、他のテクストにおいても、ところどころで季節はずれの蟬がなき、鳶（らしき鳥類）が鳴いている。それらもまたテクストに直接姿を現わすことはなく、したがってその実在性はごく希薄であり、音に還元されている。蟬や湖や鳶は現実に音の源泉ないし原因として存在するが、テクストにおいては、その存在は想定されるのみで、音だけが純粋な効果として、ほとんどその観念性においてみずからを響かせている。

じつのところ、滝のみなもとである「山頂」とは、達しえない聖域の謂いであり、テクストの外部の形象である。したがって音はテクストの外に起源をもつ。ということは、テクスト内部においては記述しうる原因をもたないということだ。落下は起源・原因、さらには意志・目的をもたない。起源をもたないという意味で、それは原因なき純粋な効果をなしている。原因なき純粋な効果のきわめて示唆的な例証であり、美学的説明ともなっているのが、日本の実際の風景が日本の風景画にたとえられて描かれているつぎのくだりである。[13]

周囲を見まわすと、闇の中に没してゆく江戸の街が望まれるこの高見には杉の樹があって、その枝がしなだれて、光の消えゆくこの背景の上に、黒い繊細な唐草模様を描いている。日本人だったら街のこのような眺望を絵に描くとき、きっと絵の上の方に、近すぎて枠の中に収まらない目に見えぬ樹木のものであるそれら前景の枝が、空の上に落ちてかかる様子を書き込むことであろう。（294）

ここに見られる落下が単純な落下ではなく、暫時の上昇を前提とする放物線的落下――retombée――であることに注意しよう。日光の滝が見えない「山頂」から落ちてくるように、画面の前景にかかる「枝」も、その本体であるところの樹木＝幹自体は目に見えず、画の枠外に想定されるのみで、まるで空から、つまり無から落下してくるように見える。落下はここでも原因なき純粋な効果に属する。じつに放物線とは、まさに人間による投擲が初期にもっていたはずの意図――つねに上昇的であるところの意図――の自然による消去なのではないか(14)。

自然としての落下

滝は「日光霊山」のなかでも、叙述のリズムという点で非常に印象的な効果を示す落下の形象である。同じような効果が認められる例として、この作品のなかでも最も美しいと思われる描写を一つ挙げておこう。それは、苔の絨毯の上にしきりと落下する杉の葉の描写である（これは何気ない風景ではあるが、ほかならぬその何気なさにおいて、原因を欠いた純粋な効果そのものの例証となっている）。杉の葉のぱらぱらと落下する音は、落下する滝の音と重なり合って、視覚的に美しいばかりでなく、音楽的にも快い効果をもたらしている（参考までに仏語原文を付しておく）。

今朝、風が少し吹いて杉の枝を揺らす。すると、枯れた小さな針葉が雨のように落ちてくる。灰色っぽい地衣、緑のビロードのような苔、そして銅製の不吉な物体の上に降る茶色の雨。滝が遠くのほうで、止むことのない聖なる音楽のようにその音を響かせている。虚無と至上の平和の印象が、あれほどの光輝が至りつくこの最後の中庭の辺りを漂っている。

Un peu de vent ce matin agite les branches des cèdres, et il en tombe une pluie de petits piquants dêssechés, une pluie brune sur les lichens grisâtres, sur les mousses en velours vert et les sinistres objets de bronze. Les cascades font leur bruit, qui est comme une perpétuelle musique sacrée, dans le lointain. Une impression de néant et de paix suprême plane dans cette dernière cour, à laquelle tant de splendeurs aboutissent.（224-5）

『秋の日本』におけるこの種の自然描写が教えてくれるのは、自然をその本質において自然たらしめているのは落下であるということだ。

落下のテーマは、しかしながら、いわゆる自然描写のみならず、物語中の些細な（物語上重要な意味をもたない）エピソードにもあらわれている。いくつか例を挙げてみよう。

女中の落下――日光の宿に到着した晩のこと。夜もだいぶ更けていて、出迎えにでた女中たちも、もういい加減ねむたくてしかたない。遅い夕食をとる語り手に給仕し、懸命に眠気をこらえていたそのうちの一人が、ある失態を犯してしまう。食後の「デザート」のとき、「会話がしぼんでしまうと、わたしの傍らで膝をついて座っていた三人の女中のうちの一人が、眠気に負けて、つんのめるようにがくっと前に倒れてしまう」（181）。すると、「宿中笑いの渦だ」（同）。物語の上では滑稽なだけで大した意味のないこの出来事も、形式的にみると、単調と変化、眠気と覚醒、暗と明による交替のリズムをテクストにもたらすと同時に、些細であるだけにいっそう形式において純化された「落下」の表徴となっている。

風呂場での転倒——場所は同じ宿屋、沐浴の場面。階下の風呂場に降りてみると、すでに三人の婦人客がいて賑やかにしている。床も腰掛けも壁も「白木の板」づくりで、滑らかなうえに「石鹸でつるつる」しており、「いつ滑って転ぶか、危なくてしようがない」(244)。落下はここでは転倒という形をとっており、それも潜在的危険性としてしか現われていないが、示唆的なのはそのような危険性が「不測の事態」とみなされていることである。すなわち、宿の主人とおかみはつるつる滑る脱衣場の上に立って客の女たちがはしゃぐのを見守っているが、それは客が転ばないように「監視するため」ではない。それは単に客の求めに応じて背中を流してやるためであり、「起こりうる不測の事態に対して、彼らは少しも頓着していない」(同)。「不測の事態 incident」、すなわち語源的にいって「落ちてくること」……。

鹿鳴館での舞踏会——洋装の日本婦人たちはどうにか無難にダンスをこなしているが、その身のこなしはいずれも「習いおぼえたもの」で自然さを欠き、自発性をもたない疑似主体、要するに「自動人形」のようであった(94)。そこで語り手は、黙示録的結末を予想させる不安かつ滑稽な印象を抱く。「皆いかにも生き生きとして踊っている。この薄くて軽い大建造物の床がリズムに乗って不気味に揺れる。もしかしたら床が抜けて、階下のサロンで葉巻を吸ったりトランプをしたりしている西洋人気取りの紳士たちの上に、ものの見事に落っこちてしまうのではないかと気が気でならない」(95)。ここでもまた「転落dégringolade」の危険が想定されるのだが、ここではそれが「リズムcadence」、すなわち語源的に「落下」を意味する語と換喩的に隣接して用いられているのが暗示的だ。

これら若干の些細なエピソードは、取るに足らない文字通り無意味な細部とも見えかねないが、少なくともつぎのことを示唆しているように思われる。一つは、「落下」はまさしく意外性、非本質性、無償性、偶然性を特徴とするということ、すなわちそれは一個の「偶発事incident」であるということ、もうひとつは、「ジン」によって担われる交通がその迅速さと機動性において絶えず転落の危惧を抱かせるものであったように、この作品における落下は、その頻度と強度においてテクストの潜在的構造に組み込まれており、その「リズムcadence」を構成する本質的要素となっているということである。

じつのところ、上昇と下降からなるリズムにおいて、それを実現し成立させている決定的要素は、上昇ではなく、下降である。上昇とは、それがいかなる方向を向いていようとも目的（地）に向けられた運動である（したがって目的（地）をもった運動が仮に下方を向いていたとしても、その運動は上昇的意味をもちうる）。上昇は、主体の意図・意志・努力などを原因として想定し、そのような主体性を起源として、超越的対象に向けて方向づけられ、目的性によって限定される閉じたシステムをなしている。

しかしながら上昇は、それのみではリズムを構成できない。リズムが生起しうるのは下降によってのみである。リズムという観点から見ると、上昇とそれが含意する目的は、リズムが可能となるための条件でしかなく、ある意味ではむしろ手段にすぎない。下降は、上昇とは本質的に異なって、主体性（原因）を想定せず、目的論的な構造（意味）を欠き、必然性（合理性）をもたない。由来が知れず、無用で、付け足しのごときものであり、あてもなく、偶然的である。それは（「自由落下」というがごとく、ごく物理的意味で）自由な運動であり、一言でいえば自然である。

描きえぬものの記録

さきに、「金」は固有性を代表するゆえに描きえないものの象徴であることを指摘した。東照宮の陽明門を飾る金について、「いたるところ金、光り輝く金である。この入口の門のために描きえない装飾 [Une ornementation indescriptible] が選ばれたのだ」(217) とある。象徴的レベルでいえば、「描きえない indescriptible」は文字通りの意味に、すなわち「描きえないような」ではなく単に「描きえない」の意に取るべきであろう（ことのついでにいえば、シニフィアンの論理に従って「装飾 ornementation」には「金 or」の響きを感知せずにはおれない）。

作品には、他にもいくつかその固有性ゆえに描きえないものへの言及が見られる。たとえば鳥居の形態について、「それは絵に描かねばならないだろう、それを言葉で描くことはできないのだから [il faudrait la dessiner, car elle n'est pas descriptible]」(52)。あるいは日光の仏塔について、それを名指すのに「フランス語の塔 [tour] という名はふさわしくない」(204)。

ところで日本に固有のものは、それがどこからやって来たのか、その由来が不明である。鳥居の形は、「消えてなくなったごく遠い古代から今の日本人のもとに贈られてきたものに相違ない」(51)。ここでいう「古代」とは、起源の不在ないし不確実さを合理化するイデオロギー的形象にすぎない。実際、その固有性ゆえに描きえないものは空から落下してきた物体であるかのような印象を与える。空からとは、実質的にいえば無からということであり、要するにそれは得体の知れないもの、由来の知れないものの謂いである。フジヤマの形姿は、「地球外からやってきた物、突如接近してきたどこか他の惑星に属する物」(145) のようだ。宮廷の装束を着た女官たちの登場はさらに印象的である。そこには、「他界から来た人々、月から落ちてきたか、あるいはまた過去のどこか遠い時代からやってきた人々の出現」(90) のように、人をはっと驚かせるものがある。古代の装束をまとう女性——「われわれを覚醒させる、まるで幻想のような最初の現われ」(322) ——にしても、フジヤマの形姿——「日本一の巨峰、孤高を持し、みごとな円錐形をしたフジヤマの、まるで幻想のような現われ」(145) ——にしても、「まるで幻想＝怪物のような現われ apparition quasi fantastique」というある意味では冗語的な言い回しがなされているが (fantastique は fantome と同じ語根で出現を意味し、他方 apparition は亡霊を意味する)、そこにあるのは夢想に誘う非現実的幻想 (既視感をともなうイメージとしての illusion) ではなく、覚醒をもたらす超現実的幻覚 (既視感をともなわない非イメージとしての hallucination) である。(15) それらは過度の実在感を示すゆえに、そこに、目の前にあって、見る者に対して見ることを強いてくる。たとえば上野の五重の塔について、「わたしがなににもまして見つづけるもの、わが意に反してまで見ようとするほとんど唯一のもの、そして、この場所の奇妙な特徴であるところのもの、それは孤独に立つこの塔である」（298）とある通りである。

強度の物理的知覚に還元された視覚は、一方では、心理的に人を不安にさせる疎遠さを帯び、そこに日常的感情が投入される余地はなく、逆にある種の望郷の念（dépaysement）――「郷愁と未知なるものからくるあの強烈な印象」（同）――を抱かしめる。他方、感性的ないし美学的には、ある種の醜さの感覚を生ぜしめる。この醜さは、江戸の小市民に対して語り手が感じる醜さ――生理的および／あるいはイデオロギー的反応であり、人種主義的棄却を含意する醜さ（「この国民の醜さにはいらいらさせられる」（280））――とは性質を異にする。それは醜さというカテゴリーを美学的共約不可能性の受容形式として創出するたぐいの醜さである。古代的日本人の顔について、語り手はこう感じる。「醜いといえば、そうもいえるかもしれない――わたしにもそれははっきりしないのだが――しかしながらこの上なく高貴で、とにもかくにも魅力的だ」（92）。あるいは皇居の女官について、こう表現する。「この世ならぬその奢侈においてと同様、その醜さにおいても並外れている」（323）[16]。

では、描写不可能なもの、そして翻訳不可能なものは、いかなる形ででも語りえないのかといえば、必ずしもそうとはいえないだろう。というのも、まず、翻訳不可能なのであれば語彙のレベルで、ニュアンスを（つまり差異を）担っている当のシニフィアンをそのまま用いることができる。お吸い物らしき飲み物について、語り手はこう語っている。「まず出てくるのはミモノ［un *mimono*］である（要するに一種のスープであるが、わたしはこの日本語をそのまま用いよう、それはそれ自体において翻訳しがたい凝った趣を帯びているように思われるのだ)」(180)。同じことは、内容となるニュアンスの違いをともないながらも、「トリ tori」(鳥居)や「トーロー toro」(灯籠)、「カキ kaki」(柿)、そしてなによりも「ジン djin」(人力車)、「ムスメ mousmé」についてもいえる。[17]

また、さきの引用にもあったとおり、言葉で描けないものであっても絵に描くことはできる。それは幾何学的図形(鳥居を「描く dessiner」(52)といった場合)、あるいは技術・製作的定義(灯籠を「定義する définir」(203)といった場合)という形をとる。[18] もっとも、部分を漸進的に全体へと統合し、視線を方向づける描写に対して、図形的ないし技術的記述は、いずれ部分の機械的並列にすぎないという印象があり、必ずしもそれを全体に有機的に組み込み、意味あるものとして(たとえば対象の機能あるいは象徴性において)統合するのに成功しているとは思えない。

あるいはまた、普遍的な分類体系としての博物学的記述および語彙を参照することもできる。たとえば日光街道の日本杉について、「それはクリプトメリア(日本の杉)で、過度の大きさと外観の堅さにおいて、カリフォルニアのウエリントニア・ジェアンによく似ている」(162)といった場合。

ところで、こうしたやり方は結局のところ一時しのぎの方便、気やすめのたぐいにすぎないだろうか。なるほどそれは、いずれなんらかの描写というよりも、むしろ描写の挫折を意味しているといったほうがいいのかもしれない。だが、そもそも書くことの機能は描写に還元されるものではないとしたらどうだろうか。そして文学の領域においても、記録ということを書くことの重要な使命の一つとして認め、さらには(歴史資料におけるのとはまた異なった)あらたな価値として肯定することができるのだとすれば……（この段「おわりに」（一四二頁）に続く）。

死体のエクリチュール(19)

日本の聖都である京都が、ひいては聖なる国としての日本が、「ここ数年前まで西洋人には近づくことができず、神秘に包まれていた」のに対し、「今ではそこにも列車で行ける。つまり、通俗化し、失墜し、終わってしまったということだ」とは、日本が開港し西洋化の道を突き進んでいた一八八五年の日本についての記述である。だが、聖性と神秘を代表するものとしての「日本的なもの」（ジャポヌリII）は、なるほどその固有性と価値を失いつつあるとしても、完全に消失してしまったというわけではない。それはもはや十全的に存在しているとはいいがたいが、あくまで存続ないし残存はしている。「通俗化し、失墜し、終わってしまった」との言は、このような事態を（やや誇張して）伝えているのだ。

他方、日本をその聖性において直接目にすることはできない。というのも、聖なるものがその不可視性によって規定されるのであれば、聖なる対象を見ることはそれ自体が瀆聖の意味をもつのだから。したがって聖なる都・京都や霊山日光を見ること、そして見られたものとしてそれらを描き語ることは、定義上不可能である。見られ、そのようなものとして語られた聖なる対象は、つねに完全にそれ自体であることはなく、すでに聖性を（少なくとも一部は）失ったものとしてしか存在しえない。逆にいえば、描き語りうるのは、多少とも疎外され、固有の価値を下落させつつあるが、まさに失墜しつつあるものとしてのかぎりで存続・残存する対象のみである。

かくして、語られる対象の次元（歴史＝物語）においても、語るという行為（語り）それ自体においても、固有の価値を失いつつも存在し続けるものとしての対象の存続というテーマが浮上してくる。ところで、存続とは対象が価値論的に下落しつつも存在し続けることであるが、同時にそれは、ものが物理的に落下することをも含意する。実存（exister）とはイデア的な存在が外に出て現に在ること だが、一方、存続（subsister）とはそのような実存が執拗に在り続けること、語源的にいえば、下の方で動かずにいることである。失墜しつつ存続するものには、それに固有の存在の強度と態勢がある。残存すること、それは落下すること、そして、そのようなものとして立ち続けることなのである。

もっともここでいう立位は、立ち上がったものとしての上昇的姿勢を指すのではなく、逆に、ある物が落ちてきたこと、さらには、いずれ倒れてしまうかもしれないことを内に含みつつ、まがりなりにもみずからを支え、維持するものとしての下降的態勢を意味している。目下のところ在り続けるものとして、その態勢にはむしろ座位に通じるものがある。日本語でもそうだが、フランス語の「立っている debout」という語もこの逆説を伝えている。この意味での「立っている」は古都鎌倉の寺について用いられているが（120, 121）、面白いことに、あの鎌倉の大仏についても、それが倒れずにまだ在るという意味で「立っている」が使われている。「銅の塊、つまりほとんど破壊不可能で永遠の事物であったそれ［＝大仏］だけが立ち続けた＝倒れずに残った［resté debout］」（130）。まるで語の逆説を意識しているかのように、語り手は、「もし彼が立ち上がったなら［S'il se levait...］」などと仮定してみせるが、帰結節のごく紋切り型の比較「彼は山ほどの背丈もあろうかと思われる[...il serait grand comme une montagne]」(131)は、まさにこれが純然たる仮定にすぎないことを証している。

価値を下落させ、意味を喪失しつつも存続するもの、その形象の一つに死体がある。大仏自身、臥位にこそないが、その空洞性において魂を失ったものとしての死体を思わせるところがある。死体とはなにか。死体(cadavre)の語源が示すところに従えば、死体とは落ちてきたものである。

「日光霊山」には、比喩として、あるいは文字通りに、死体が随所に姿を現わしている。比喩としては、日光の第一の寺(輪王寺)で、「天井から垂れ下がっている人の手ぐらいの大きさで、白、黄、橙、赤褐色、黒で染められた絹の毛虫」は、「死んだ蛇、奇怪なボーア蛇の死骸」(195)のようである。また、急流に洗われて河床に転がるあまたの巨岩は「白い飛沫のただ中で群れをなして倒れた鯨の死骸のよう」(235)だ(死体はそれだけでも落ちてきたものなのだが、ここではそうした態勢が「垂れ下がる pendu」や「倒れた effondré」という動詞の過程によって支持され確証されている)。

死骸そのものとしては、日光の参道沿いに「熊の毛皮」が並べて干してある。熊は、語り手が東照宮一帯を上り詰めていったさらに先の森に住んでいる動物であるとされるが(213)、下界では死体としてその姿をさらしている。山上で生きて存在している熊が見られざるもの(聖獣)であるのに対し、それを見ることができるのは下界において、商品化され、その意味で昇華された死体(毛皮)としてのみであるのは示唆的だ。

落下したものとしての死体のテーマは、もっぱら動物の死体によって周辺的に支えられているのだが、一方、このテクストの中心には人間の死体がある。ほかならぬ家康の死体である。「まさしくここで、この奇妙な物の下で、かつては将軍家康（Yeyaz）その人であって、ほかならぬその人のためにこれだけの典雅がくりひろげられたところの黄色い小さな人間の肉体が朽ちていったのである」(224)。

本来の死体ではなくとも死体の様相を呈するものに都市がある。都市全体を描くための特権的な位置は高所であり、そこからの自然なパースペクティブは俯瞰であろう。しかるに、この作品において俯瞰された都市は死体性を帯びる。

八坂の塔からの京都——「いかなる音も、この古い宗教上の首都からわたしのいるところまでは立ちのぼってこない。こんな高見から見ると、それはまるで死んだ都市のようだ。美しい日の光に明るく照らされて、秋の朝の薄靄が、その上をヴェールのように漂っている[20]」(15)。

茶屋の二階から見た鎌倉——「死都を覆うこの緑全体の上に、今日はなんという静けさ、なんという美しい柔らかな光が注いでいることか」(126)、あるいは、「それ［＝鎌倉］は、その上に森が緑の屍衣を広げた広大な礼拝所のようだ」(128)。

俯瞰ではないが、江戸の市街の不吉な様相——「少々羽振りのいい店はいずこも、表には（わが国でいうと死人のでた家のように）白縁の黒い布地に大きな白い文字をあしらった掛け布が掛けてある。むろん日本人には、こうした装いも悲しげなものには見えない［…］。しかし、われわれの目にはやはり不吉なものに映る。繁華街の真ん中だというのに、街全体が葬式のようだ[21]」(279-80)。

「皇后の装束」には、死体そのものへの言及は見当たらない。というのも、ここで問題となっている人物、神功皇后は神話の中の人物であるし、たとえそうでなかったとしても、その人は何世紀も前に死んでしまっているのだから。ところが、ここでは鶴ヶ岡八幡宮に収められていた神功皇后のものとされる衣装が死体に取って代わり、死体の位置を占めている。はじめに、「その箱が蓋の開いた状態で置かれている――するとそこから、白絹の屍衣にくるまれた一個の長い包みが取り出される」(139)。衣装、すなわち（身体を）包むものが、屍衣（死体を包むもの）によって包まれるものとなってしまうのだ。こうして取り出され、観察され終わった衣装は、最後に、「細心の注意を払って折り畳まれ、絹の白い屍衣に元通り包み込まれる」(142-3)。

墓を暴き、掘り出されたものを再び埋葬する。ここには、『秋の日本』という作品を開き、閉じる運動を象嵌法的に象るものがある。というのも、さきに見た通り、作品全体は聖なる都・京都に鉄道に乗って赴き、それを「通俗化し、失墜し、終わった」ものとして提示するところから始まっているが、その同じ作品はこう終わっているのである。[22]

数世紀にわたってあれほど洗練されてきた一つの文明が、まもなく跡形もなく失われてしまうのだと思うと、わたしは生涯はじめて、ある種の漠たる哀惜の念を感じるのである。その上こうした感じにはメランコリーが付け加わる。われわれが不思議にも心惹かれる女性の上に注意力と好奇心のすべてを数時間にわたって集中したとき、また、もはやその女性を見ることも知ることも現在未来にわたってまったくなくなってしまうのだ、彼女の顔の上には永遠のヴェールが掛けられてしまうのだということを思わずにはいられないとき、いつも感じるあのメランコリーが。

（356）

語り手の「メランコリー」は、彼が皇后の衣装を再埋葬したときの気分と同じものだ。すなわち、「まったくの話、われわれ人間の言語には、この衣装の埋葬がおこなわれるこの場所の物憂さと神秘を表す言葉はない」（143）。皇后の衣装に施されるのと同じように、日本そのものに対しても死体としての処理が施されるのである。

この作品において、俯瞰されるもの、横たわるもの、落ちてきたものは、生物にかぎらず、描かれるとおのずと死体の様相を呈するようになる。あるいは別の見方をすれば、叙述そのものが儀式的色合いを帯び、埋葬の擬態を演じるようになる。他方、鯨や蛇の死体、熊の毛皮、人間の死体にしてもそうだが、死体は比喩として喚起されたり、商品として昇華された姿で現われてはいても、それ自体としては徹底的に不在化されている。ここには死体そのものに対する禁忌があって、それがさまざまな形で差し替えられ、祓われていると考えてみることもできる。

だが、腐食性の物質として、死体はいずれ消失する運命にある。落下のより持続しうる物質的形象は、不在の死体を形象化する墓（墓石ないし墓標、より抽象的には碑銘、要するに文字）である。[23]結局のところ問題なのは、死体そのものよりも、物質の共通の運命としての「虚無」のほうである。日光からの帰途、語り手は一人の生身のムスメに愛情に似た想いを抱くが、それは皮肉な錯覚にすぎない。

かような効果［＝愛、思慕、情］が現われるのは、われわれがそれから作られているところの物質、単なる物資と、その後に来る無との恐ろしい、非常に恐ろしい証拠をわれわれに示すためなのだ……。（257）

生きものの論理、その帰結は屍ではなく死、つまり「無」なのであって、テクストがさまざまな形で死体を昇華し、空無化することによって得られるのもまた「無」なのである。描きえぬものとしての死体をとおして「無」が表象される。「無の創造」（アラン・ビュイジーヌ）[24]を語りうるゆえんである。

偶景のレトリック

『秋の日本』には、物語上ほとんど意味をもたないような些細な出来事、不測の事態、偶発事が数多く語られている。語り手には、明らかにそうした些末な挿話への嗜好が認められる。

日光参詣そのものとは「別個に独立して」語られる「ある午後」の散策（234-240）のくだりを見てみよう。

霊山とは別個に独立して、日光の周辺全域、周囲の森全体は、墓所や礼拝の場所に満ちている。(234)

「霊山とは別個に独立して［Indépendamment de la Sainte Montagne］」とは、むろん語られる対象についての記述であり、霊山を取り巻く周辺の場所、すなわち「日光の周辺全域、周囲の森全体」を指しているのだが、それは同時に「日光霊山」《La Sainte Montagne de Nikko》という題をもった当のテクストから「独立して別個に」とも読める。語られる対象から語りそのものへのシフトがここでは読み取れるのである。

じじつ、その時点から語られるエピソードは、日光参詣という主要な話題（語りのレベル）ないし目的（出来事のレベル）からみると、まったく無意味で完全に独立しているとはいわないまでも（それは日光見物の一部をなしているのだから）、付随的で文字通り周辺的な逸話にすぎない。すなわち、語り手は東照宮が位置する中心地域を迂回して、川沿いに山を登っていく。往路、赤ん坊を背負った貧しい少年に施しものを与え、何体もの地蔵（含満ガ淵の化地蔵）に出会い、人間の毛髪の散らばった洞穴に立ち寄る。さらにずっと上方まで登っていくと、滝が神秘的な湖から落下しているのが見える。復路、下山途中、例の貧しい少年が待ち構えていて、語り手に施しもののお礼に一輪の釣鐘草を贈る。語り手は感動して述懐する。「日本にきてもうじき半年になるが、これはわたしがこの国で受けたただ一つの心に残るまことの厚意であった」(239)。

見たとおり、このエピソードに公式に割り当てられた目的は登山であるが、この物語上の目的は、語りそのものにとっては手段にすぎない。語りの真の目的は、下山途中の出会いとそこから得られた感動の体験を語ることにある。この出来事が上昇ではなく、下降の最中に起きているのが興味深い。このことを、物語的意味を挫き、その目的を迂回する偶発事（incident）の論理に対する、語りの忠実さの表れとみることもできよう。

いずれにしても、物語上無意味であるということは、当の出来事がそれ自体において無価値であるということではない。それどころか、物語的目的性に回収されず、主要な話題からは逸脱した出来事は、まさにそれゆえにこそ一定の強度をともなう愛惜の念、憐れみの感情を無媒介的に惹起する。空から落ちてきたような偶然の出来事は、物語においては無意味だが、それ自体として価値をもたないわけではなく、それどころかその無用さ、無償性において、純粋かつ強度のパトスに貫かれている。

語り手は、本来の話題からは逸れた非本質的な逸話を語るための技術、いわばレトリックを心得ているように思われる。たとえば「皇后の装束」には、鎌倉訪問の本来の目的（神功皇后の衣装を見ること）とは別個に、高徳院の大仏を見物する場面がある。鶴ヶ岡八幡宮の番僧が不在で、しばらくしないと帰らないからだ。「仕方がないから、それ［＝大仏］でも見物しよう」(127)。「仕方がないfaute de mieux」のは、ほかにすることがない（物語のレベル）からだが、それは同時に、ほかにとりたてて語ることがない（語りのレベル）ということでもある。

語り手はまた、主要な物語がいったん終了したかに思えたのち、それとなく付録のようにつけ加えられる（原理的には）無限の挿話に長けているように見える。たとえば、もりだくさんの京都旅行を終えた語り手は、神戸への帰途、偶然目にした阿弥陀仏の木像に一目惚れする。このエピソードはつぎのようにして切り出される。

どうやらわたしはこの京都とどうにも切れない運命にあったようだ［Il était écrit sans doute que je n'en finirais pas avec ce Kioto］。（73）

ここでも「京都」は、実際の都市とともに「聖なる都・京都」と題されたテクストをも表し、それを書き終えることができない、というようにも読める。[25] こうして切り出された話は、文字通りの挿話・逸話として本論には組み込まれない無償性を帯びる。

語り手は、この種の些細な出来事や突飛な光景に対する優れた観察眼を備え、独自の感性を示している。「サムライの墓にて」の泉岳寺には四十七士の墓石が整然と並べられているが、その列から外れたところに一人のムスメの墓がある。

サムライたちのうちの一人に娘があって、彼女は巫女だったのだが、父の傍らに埋葬してもらうことができた。そんなわけで墓列の外に、さらにもう一つ余計に墓がある。（267）

また、主君浅野長矩の墓の隣には、その「ムスコサン」の墓がある。

> 主君のすぐ傍らの、たいそう小さな墓石の下に、彼の子供が葬られている——黒頭巾の老番人の言い方をすれば、彼のムスコサンが。このムスコサンという言い方は、閑寂な場所柄にもかかわらず、わたしを微笑ませずにはいない。ムスコサンとは、ほんの小さな男の児という意味で、そこに過剰な敬虔さからサンという敬称の小辞が添えられたものである。さしずめわが国でなら、重々しく確固たる口調で「ここ、主君の傍らに、若君殿が眠られている」といったところであろう。(266)

傍らにあるものないし的を外れたものに対する、語り手のなんと研ぎすまされた感覚であろう。「ムスコサン」という呼び方に聞き取られる、場ちがいなもの、突飛なものへのなんと鋭い嗅覚であろう。

じつに、『秋の日本』はこうした本来の話題とは無関係な逸話・挿話、本論からこぼれ落ちてしまったような「偶景」[26]に満ちている。語り手＝作者は、迂回を含意する補遺としての逸話・挿話を語るコツを得ており、落下をともなう偶景に対する一流のセンスを備えているように見える。これに対して読者の側にも、そうした補遺や偶景に焦点を当て、作品を分断し、その本筋から離れて読む可能性、作品を断片として読む自由があってもよいのではないか。そこには強度のパトスが、読みの賭金として賭けられていないともかぎらないのだから。

反問《イロニー》と憐れみ《ピチエ》

語り手と日本人とのあいだに簡単な会話が交わされていることは先に見たとおりだが、そこには言葉の交換のほかに、視線の交換も生じている。

日光からの帰途、宇都宮市役所前、なにかの行事か祭りなのか、役人たちが洋装で練り歩いている。語り手は彼らに皮肉な視線を向ける。すると、

〔…〕一人の老人がやってきて、苦痛に満ちた非難するような視線をわたしに投げかける。その眼差しはこういっているようだ。「お前はわしらのことをあざけっているんだろう。だが、それは少々雅量に欠けるというもんだ。だってこれは御上の命令なんだから。不格好で、滑稽で、猿のようだってことは、わしも重々承知しておるんだ。」

彼はそれをひどく苦にしているようだったので、わたしはもとの真面目な顔つきになる。(252)

「江戸」の浅草・浅草寺、一人のやつれたふうの女が病の治癒を祈願して、仏像の胸をさすり、その手で患っている自分の胸部をなでている。

その女はわたしに見られているのに気づき、笑われているのではないかと怖れている様子だ。というのも、なにか苦笑いのようなものをわたしのほうに向けて、こういいたげであったから。「あたしだってほんとに信じてるわけじゃないんですよ。だけどね、ごらんの通り、ひどく具合が悪いもんだから、やれることはなんだってやってみるんですよ。」(290)

語り手が投げかける視線は、相手から反問となって語り手のもとへと投げ返される。むろん、あらゆる反語と同じく、視線による反語も、字義通りの意味とは逆のことを意味するコードであるから、そこには必然的に解釈が介在しているのであり、また、あらゆる解釈がそうであるように、当の解釈もけっして確実なものではありえない。だから、語り手が老人や女の視線に読みとったメッセージも、解釈にすぎず、さらには単なる想像、思い込みにすぎないのかもしれない。だが、仮に単なる主観的解釈にすぎないにせよ、そこにある種の疎通が成立していることに変わりはない。

反語的視線は、人物のみならず、事物からも発せられる。「皇后の装束」で、古都鎌倉からの帰途、港町ヨコハマにさしかかると、ガス灯の光が目配せのように明滅している。

それからやっと、前方にガス灯の長い列をなしているのが見えてくる。そして、文明、機械のざわめき、鉄道の汽笛が、死都鎌倉からわれわれにつきまとっていたこの古い日本の夢のただ中で、耳障りな皮肉のように聞こえてくる。(147-8)

あるいは「観菊御苑」で、君が代に送られて皇后が退席し、観菊御苑も終わろうとするとき、代わって「小公子」の音楽が流れる。

> 「小公子」の曲が冷や水のようにこの宴の終わりに降り注ぎ、夢の後の目覚めを告げる皮肉な合図のように鳴りだす。(352)

ここに認められるのは、期待と失望、夢と覚醒、上昇と下降が形づくるあのリズムである。では、イロニーとは「落下」の主題系を構成するフィギュールなのだろうか。否。イロニーは本来、知と無知の戯れに由来し、結局のところ知的なコードに属している。それは他者との共犯的まなざしを前提とする(intelligence は「知性」を意味するとともに「共犯・結託」を意味する)。まさしくそれゆえに、イロニーは落下ではなく、むしろ交通の主題系に属する形象なのだ(われわれはここで、交通に内属し、そのリズムを構成するものとしての下降と、交通がみずからとは本質的に異質なものとして生み出す偶然の効果である落下とを区別しなければならないだろう)。イロニーは、それが(意図として)差し向けられる相手とのあいだに距離ないし階層をもたらすが、それが(内容として)その人によって受け取られる相手とのあいだには共謀の関係を打ち立てる(むろん両者が一致することはよくあることだが)。交通に属するものとして、イロニーは相手とのあいだに連絡《コミュニケ》をつける。[27]

では、この同じ視線の交錯という行為において、真に落下の主題系に属するものはあるのだろうか。

然り。この作品においては、イロニーを媒介とする知的なまなざしのほかに、愚直なまでに素朴で直線的な視線の交錯が生じている。この件については解説抜きで、個々の事例（cas）をあげるにとどめ、それを読んでみることにしよう。

京都からの帰途、語り手は、荷箱を作ってもらうため立ち寄った店の前で、外国人に興味津々の小さなムスメたちに取り囲まれる。ほどなくムスメたちと語り手の視線が出会い、かの永遠の会話が交わされる。

彼女たちは最初、自分たちのほうを見る異国人の目と自分たちの目とが出会うたびに、笑いながら隠れるふりをする。それから、じき馴れてきて、近寄ってきて質問しだす。フランス人ですか、イギリス人ですか、年はいくつですか、一人でなにしに来たんですか、箱の中にはなにが入ってるんですか、などと。（71）

「じいさんばあさんの奇怪な料理」で、疾駆するジンに乗って風景を眺めていた語り手は、野外で二人の老人に見守られて五右衛門風呂に入れられている小さな子供たちを、巨人に煮られているスープの具かなにかと錯覚する。やがてまちがいに気づいた語り手は、こののどかな光景に、そして自分の犯した勘ちがいの滑稽さに微笑む。

この二人のニッポンの爺さんと婆さんは——黄色い羊皮紙みたいな顔の周りに白髪を生やしているこの二人はあきらかに祖父と祖母であろうが——、家の戸口に腰をおろし、優しい朴訥とした様子で、このスープの番をしている。そしてわたしたちが笑うのを見て、彼らもまた笑っている……。(348)

前段で見た「日光霊山」の中の一偶景。語り手は、恵まれない境遇にありながら善良さそのものを体現しているような少年の、素朴で、真っ直ぐなまなざしに打たれ、「苦しむものに対する普遍的友愛の情、優しくて深い憐れみの情」を喚起される。

[…] このかわいらしい考えに心を打たれて、その子を呼び戻す。抱いて接吻さえしてやったことだろう、この子があれほどひどく醜く汚くなかったら [...]。なのに、彼はあんなにも生き生きとして、悲しげで、善良そうな目をしてわたしを見ている。[…] なんという神秘であろう。この子のほんの一瞬の眼差しが、それだけで、わたしの同業者たちのどんな雄弁もよくなしえないようなことを成就しえたというのは。わたしの心にかくも深く入り込み、わたしの内にある最良のもの、最も深く埋もれているものに達する道を見出し、苦しむものに対する普遍的友愛の情、優しくて深い憐れみの情 [le sentiment de l'universelle fraternité de souffrance, la pitié douce et profonde] を一瞬のうちの喚起しえたというのは……。(239-40)

日光からの帰途、宇都宮で子供の祭りのようなものをやっている。子供たちはみな、それぞれ人形を台座に乗せた箱車を引っ張っている。裕福な家の子は立派に飾りつけられた人形を乗せているが、貧しい家の子らのは、古布に金紙かなにかを貼っただけのみすぼらしい人形だ。

そのうちの一人がわたしのゆく手で立ち止まり、自分の人形をわたしに見せようとする。残念ながらそれはひどくみすぼらしい代物なのだが、それでもその子にとっては大好きな人形なのだろう。彼はそれを、こわれた箱で作った車に乗せて曳いている——両親がその子のために精一杯こしらえてやったものなのだろう——、そして彼は、その人形のことをわたしがどう思っているか見極めようと、小さな顔で心配そうにわたしのほうを見ている。そこでわたしは腰をかがめて、つとめて感心している様子をよそおう。(250–1)

交通の偶然で不連続的な効果としての出会い、邂逅。それは偶然の一致＝同時に落ちてくるもの——《coïncidence》(123, 261, 339)——である。それは等価性の原理が機能し、交換の対象となる交通とは本質的に異なって、無償、ただであると同時に、値がつけられない高価な経験である。日光の少年に対して、語り手は自分の全財産を贈与してもいいような気持ちになる。「わたしは巾着に入っていたありったけのお金を全部くれてやる、この世にこれほど沢山お金があるものかと驚いて、開いたままにしているその子の小さな手のひら一杯に」(240)。

出会いは、いってみれば交通の賜物なのだ。じつのところ、この種の何気ない事実の記述には、しかしながらその事実性を越えて真理に達するもの、時間を突き抜けて真っ直ぐわれわれの許にやってくるなにものかがある。それは語り手がいみじくも言い当てているとおり、「憐れみ」という超越的パトスであり、「友愛」という普遍的エートスである。ここにおいて感情と倫理は別物ではない。実際、ヒステリックではないパテティックというものがあるのではないだろうか。あるいは、そこからある種の普遍的倫理が導き出されるところの超越的なパトスの直観が。そしてこれこそがまさしく、一見無意味で断片的な事実の記述に賭けられた倫理的賭金であるように思われるのだ。

おわりに——写真と電話、あるいはロチにおける書くことの使命

語り手は「江戸の舞踏会」を締め括るにあたり、その文章を書いたことの意義を「写真」の比喩を用いて次のように述べている。

> わたしはさほど意地の悪い考えももたず、楽しんでこれらの細部を書き留めたのだが、それらが修正前の写真のように事実に忠実であることは保証してもいい。目を見張るほどの速さで変貌しつつあるこの国において、何年か先に、その変化の一段階の記録をここに見出すことは日本人にとっても興味深いことであろう。西暦一八八六年、天皇陛下ムツヒトの誕生日の祝賀として、菊花で飾られ、ロクメイカンで催された舞踏会の記録を読むことは。(106)

「さほど意地の悪い考えももたず sans intention bien méchante」というのは、いずれ書き手の主観の問題にすぎないだろう。これに対して、彼が読者に確実に保証しようとしているのは、記述の実在性と客観性である。つまりここに書かれてあることは、「修正前の写真 une photographie avant les retouches」に映し出されるような実際にあった事実であり、さらにいえば実際にあったとおりの事実であるということだ。これは小説が写実的であるというようなときの、語りや描写のスタイルの問題ではない。それは本当らしさの問題ではなく、事実性の問題である。そして、一般にはそこに重要な文学的価値が認められていないのだとしても、このテクストは、書き手の解釈の問題とは別の、いわばその一段手前のレベルで、記録という価値を、書き手その人のみならず、読者にとっても客観的にもつであろう、と語り手はいっているのだ。

そうなると、たとえばそれ自体としては意味をもたない日付や天候を書き留めることも、記録としてのテクストにおいては規範的な価値を帯びてくるであろう。というのも事実性の問題は、その根源において時間の問題に差し向けられているのだから。「日光霊山」でも語り手は、自分がこれから書こうとすることの意義をやはり記録のうちに認め、こう切り出している。「わたしの記憶の中でいまだすべてが新鮮なうちに、もう寒くなってきているとはいえ、静かで澄んだ小春日和の十一月の、ある晴れた日々におこなった聖なる山への巡礼の旅を詳細にわたって語ろうと思う」(155)。

さきの引用で導入された「写真」の比喩は、しかしながら結局のところ比喩にすぎないといわざるをえない。一般に、記録としての写真は完全に客観的かつ正確なものであり、また実在を志向するだけでなく、実在性の証拠そのものでもある。(28) これに対して文字による記録は、けっして完全には客観的でも正確でもなく、また、実在に差し向けられることはあっても、その実在性を証明することはけっしてできない。その意味でいうと、文学の記録としての価値は相対的で限られたものでしかない。

他方、語り手は「観菊御苑」の最後で、つまりこの書物を締め括るにあたって、この書物を書く動機のひとつを次のような形で伝えている。

> ……わたしは故国に帰ったら、どこかで、わたしがこの皇后のことをいかに妙なる女性であると思ったか、文章に書くことであろう。わたしの賛美の念がずっとあとで、きっとフランスの雑誌を読んでいるにちがいないニエマ嬢の手で翻訳され、海を越えて彼女の許に届くといったことも、あるいはあるかもしれない。そしてその機会に、彼女の神々しい衣装を廃止するというあの計画——それとともに彼女の特異な威光の一切が消滅してしまうだろう——に対するわたしの芸術家としての恭順なる抗議の意志を受け取ってもらいたいと願う。第一、そうするしかわたしの考えを彼女の許にまで届ける手だてはないのだから。(352-3)

翻訳を通して相手にメッセージが届くのを願うこと——ここに表明されているのは、端的にいってコミュニケーションの願望であろう。ところで、それがいかにユートピア的色合いを帯びたものだとしても、一般にコミュニケーションにおいて想定されるのは、伝達されるべきメッセージとそのメッセージの受け手である。前の引用では、それは鹿鳴館（そこに垣間見られる当時の日本）の記録と後世の日本人であり、ここでは作者の意見と皇后美子《ハルコ》である。いずれの場合もコミュニケーションの相手、メッセージの受信者は遠方ないし後世に位置づけられている。作品の記録としての価値を語るのに「写真」の比喩が用いられたのにならっていえば、ここでは時間的空間的彼方との通話（communication téléphonique）が求められているのだから、語り手のコミュニケーションの意図には、仮に（語源的意味で）電話の比喩をあててみることができるであろう。

だがこの比喩は、単に相対的であるというばかりでなく、本質的に適切でない。というのも、電話が声の現前を前提とするものである以上、特定の受信者を想定するのに対して、文学作品を構成する文字は、個々の実存的時間を越えるものであり、暫時特定の相手を想定するとしても、最終的にはいずれ個別の受信者を超越してゆくものなのだから。これを電報（communication télégraphique）と言い換えてみたところで、事態にさしたる変化はもたらされない。電報はコミュニケーションの近代的手段として電話の先駆的発明品にすぎず、実践的にその意図――遠方にいる特定の相手にできるだけ早く伝達すること――を電話と共有するのだから。

じつのところ問題は、コミュニケーションが文字によるか声によるかにではなく、「コミュニケーション」という概念自体のうちにあるように思われる。電話であれ電報であれ、求められるのは特定の相手に特定の内容を正しく伝達することなのだが、文学作品の本質は、書き手のいおうとすることを相手に伝達することにあるのではなく、書かれたものが読者によって読まれることにある。書かれたものは、書き手のもとを離れ、特定の相手を超越し、さらには特定の内容を喪失することもある。読むということは、本質的にいって第三者の営為であり、それも直接的に正面からではなく、いわば斜めから間接的になされるものなのだから。重要なのは意図ではなく効果であり、より正確にいえば、両者のあいだの決定的ずれないし差異である。

結局、写真にしても電話にしても、書くことの意味・目的をめぐる比喩は相対的なものにすぎず、さらには不適切なものでさえある。だが、そもそもそれらの比喩は、文学の真の意味・目的を語るものではなく、語り手の主観的錯誤を表すものなのだとしたらどうだろうか。語り手は実際に写真のように事実を正確に客観的に記録したいと望んでいるのであり、電話のように特定の相手に特定のメッセージを伝えたいと望んでいるのだが、そのような願望は文学の本質からすると結局のところ幻想にすぎない。当の比喩は、文学の意味・目的を表すものとしては不適切だが、コミュニケーションをめぐる語り手の欲望・錯覚を表現するものとしては適切である。つまり、写真と電話の比喩は語り手の意図の表象としては適切だが、そもそも誤っているのはそうした意図自体なのだから、不適切な比喩は、その誤りの反語的表象として読めば適切なものとなる、ということだ。

ここで問題を作者のレベルに転じて、では、なぜロチが『秋の日本』を書いたのか、その現実的な理由を問うてみよう。

はじめに述べたとおり、この書物はもともと作者が雑誌に寄稿した九編の紀行文をまとめたものであり、書物という形をとる以前から当時広く読者に読まれたものであった。じつに、ロチがこれらの文を書いたのはそれらを売るためであり、有り体にいえば、それによって金を稼ぐためだったのである。一八八七年、『秋の日本』に収められることになるそれらの紀行文を書いていた頃のある手紙に、ロチは同じ時期に執筆していた『お菊さん』についてこう書いている。

大いに仕事する。日本の小説を書いている。八月には出さねばならない。がっぽりとお金がもらえる仕事。小説は愚かしいものとなろう。自分までそうなる。(29)

つまり、書くことの端緒にはその現実的理由として経済的理由があるということだが、しかしながら、このことはただちに書くことにおける冷笑主義や卑近さを含意するものではない。というのも、「愚かしいもの」であろうとなかろうと、作品はそれを生み出した直接的理由を越えて、商品として価値をもち、流通するからであり、そして作品が流通するためには、しかるべき書く技術が必要であり、その技術には、それを貫く倫理というものが想定されるはずだからである。

この点についていうと、『秋の日本』ではさまざまなものが商品として流通するが、ほかならぬ物語もその一つである。泉岳寺の案内僧の話、すなわち四十七人のサムライの物語は、語り手＝作者が偶然少年時代にした読書によってすでに知っていた話である（261）。翻訳されて、それは海を渡って流通していたのだ。さらに『秋の日本』というテクストで語り手はこの話を読者のために語ってやる。「数行でこの物語を報告しなければならない。それがなければ読者が理解できないだろうから」

(261)。もとより語り手は翻訳が不正確だったのか、あるいは記憶ちがいか、その内容を正しく報告していない（事件の日付がまちがっている）。それにしても物語がこの機会にさらに流通することに変わりはない。例の僧侶は、「四十七人のサムライの話が沢山の挿し絵入りで語られている本」(264)を売っているが、それはちょうど彼が「巡礼客相手に売っている線香」(264-5)のように一個の商品として売られている。しかしそうだとすれば、同じ四十七士の物語を読者に報告する『秋の日本』も、そこで売られている本と同じ役割を果たすのではないか。しかも、そこには感動という経験が価値として賭けられているのだ。「この物語は、それを詳細にわたって知っている者にとってはかくも美しい。それは驚くべき英雄的行為と、並外れた徳義と、超人的忠誠心とにみちている」(268)。

作品中、些細な場面であるが、流通という書かれたものの真理ないし運命を象っていると思われる個所がほかにもある。語り手は、泉岳寺の墓に貼られた紙片、参拝者が義士たちに宛てた「メッセージ」を見てこう思う。「こんなふうに、受け取るはずのない死者たちの門口に名刺を置いていく習慣は滑稽といってもいい――逆に、それがきわめて感動的なことであるというのでなければ」(267)。受取り手のない名刺のように、書かれたものはいずれ、それが直接その人に対して向けられているのでない人にとっては無償性を帯びることになる。なるほどそれは、所期の意図が無効になるという意味では「滑稽」なことであろうが、そもそも無償のものであるという意味では「感動的なこと」である。

また語り手は、日光東照宮の奥社にある家康の墓、その墓碑銘についてこう記している。「そこには青銅の囲いがあって、青銅の扉で閉め切られており、その扉の中央には金の銘が刻まれている――いっそう神秘さを増すように、もはや日本語ではなく、サンスクリットで書かれた銘が」(223)。ここで神聖な文字は読めない文字、通じない言葉の謂いであり、不動のもの・固有のものを象る形象である(その意味でそれはテクスト上「金」と同じ機能を担う)。文字は特定の受取り人を越えて流通するとともに、いずれ流通から離脱し、メッセージとしての内容を欠落させ、象形文字のたぐいに堕する運命にある(堕する――caduc――といっても否定的な意味ではなく、通用しなくなるという実践的意味において)。

かくして作品は商品のように流通し、特定の受信者を越え、さらには流通から離脱し、不動のものとしてみずからの上に折り返して黙してしまうことさえある。さきに見たように、書くことの目的を語り手がみずから伝えようとするとき、彼は書かれたものの本性には適合しない不適切な比喩表象を用いてしまうが、一方、作品そのものはというと、それは書かれたものの真理と運命を正しく形象化しているのである。

さて、流通は商品という存在を呼び起こし、商品は疎外という作用を想起させる。だが疎外を経ること、すなわち固有性を喪失することなくしてものが伝わり、通じるということがはたしてあるだろうか。逆にいえば、通じるということは固有性の喪失をただちに意味するのではないか。翻訳(traduction)は裏切り(trahison)をともなう、とはよくいわれることだが、そうでなくてはコミュニケーションはありえないのだ。ただしコミュニケーションといっても、ここで問題となっているのは意思の伝達ではなく、空間の疎通、さらには時間の疎通である。そしてここでは、ものがなにを意味するかということ（交換価値）は付随的なことにすぎず、流通することそれ自体が創始的価値をもつ。ものはそれ自体においてではなく、流通することによって意味を保証される。

そこで創始され保証される意味は、限定しうる意味ではなく、むしろ一定の強度であり、分節化しえない感覚に近いものがある。さきほど記録としての文学の価値をめぐり、写真の比喩が不適切であると述べた。しかし、ここでいう記録の価値が、単にその実在性と正確さによってはかられるものではないとすればどうだろうか。つまり、文学における記録が形態にではなく、あくまで意味にかかわるものだとすれば。

ここでわれわれは、作者＝ジュリアン・ヴィオーの少年時代のある体験、すなわち彼があるとき偶然見つけた「航海日誌」の一節を読んで、理由の分からない強い感動を覚えたというエピソードを想い起こさずにはいられない。

> ぼくはそのとき身震いするほどの感動を覚えた。「一八一三年六月二〇日、経度一一〇度、南緯一五度」（したがって両回帰線のあいだ、太平洋上でのこと）「正午から夕方の四時までの天候は晴れ、海は美しく、南東の心地よい風」であったこと、空には「猫の尾」と呼ばれる小さな白雲がいくつか漂い、舷側には鯛の群れが通過していたということを知って。[30]

この少年時代の不思議な驚きと感動は、しかしながらあまりに無意味で愚かしいとさえ思われるほどだが、同時に、作者が三十年近くたって自伝的物語（『ある子供の物語』）を書いている今になっても解消しえないほど執拗かつ強烈なものである。この驚きと感動の由来を理解する鍵はどこにあるのだろうか。われわれはそれが、さきの「偶景」の語りに投じられていたある種の超越的パトスのうちに見出すことができるように思う。問題なのは、実在そのものではなく、人間存在の根本的形式としての時間が与える実在に対するパトス――「憐れみ」――とそこから直接帰結するエートス――「友愛」――なのではないか。そしてまさしくここにこそ、文学における記録の価値を再肯定する根拠があるのではないか。なるほど、通じざるものを通じさせることのうちには非固有化としての疎外が必然的に生じている。だが文学に賭けられているのは、個別的実在の固有性そのものではなく、あくまで個別的実在に結びついたある種の普遍性である。しかるに、本論をとおして見てきたように、文学には固有の事象をその固有性において描くことはできないが、それが与える効果をその普遍性において語ることはできる。その最も切実な効果、それが今述べた超越的パトスであり普遍的エートスなのであって、そこにこそ『秋の日本』のみならず、おそらくはロチの作品に普遍的に認められるであろう、一見したところ意味のない（じつのところ正確でもない）実在の記述の意味があるのだ。

　かくして、記録することがなければ落下したまま不動のものとなり、黙して、永遠に出会う可能性を失ってしまうものを、まさしく記録し、流通させ、時間と空間の疎通を確保しつつ、偶然の出会い（CO-INCIDENCE＝同時に落下すること）を可能にしてやること――これがロチにおける書くことの使命となるのである。

第三章　中立論、あるいは凋落について――『お梅が三度目の春』

一　凋落

ピエール・ロチがはじめて長崎を訪れたのは、一八八五年（明治一八年）七月、三十五歳の夏のことであった。彼はそこに同年八月まで一月半ほど滞在するが、そのときの日記をもとに書かれたのが『お菊さん』である。それからまる十五年が過ぎ、一九〇〇年（明治三三年）の一二月、齢五十に達したロチは再び長崎にやって来る。同年六月、北京で義和団の乱が勃発すると、列強の艦隊は劣勢に立たされた外国人守備隊を救援すべく中国渤海湾に集結する。義和団に包囲された公使館員らが解放されたことにより、事件は一応の解決を見るが、その後も湾にとどまった同艦隊の一部は、冬のあいだ厳寒の地を避け長崎に寄港する。その中には、ロチが乗り組むフランス極東派遣艦隊の戦艦ルドゥターブル号の姿もあった。以後、軍務で途中二度ほど大陸に戻り、また、その帰途朝鮮半島に立ち寄るなどしてはいるものの、結局ロチは翌年一〇月の末まで長崎に滞在する。このときの体験から生まれたのが、彼の日本三部作の第三作であり、『お菊さん』の後日談ともいうべき『お梅が三度目の春』[1]である。

「三度目の春」――物語と自然

後日談とはいっても長崎に着いてみると、かつての同棲相手お菊さんは提灯屋の主人ムッシュー・パンソンのところに嫁いでしまっており、彼女のことはその母で、語り手のいわゆる「義母 belle mère」であるマダム・ルノンキュルから伝え聞くのみで、直接語られることはない。一方、かつて住まった寓居の家主であるマダム・プリュヌ、すなわちお梅さんは健在であった。健在どころか、夫のサトーサンに先立たれ、自由の身となった彼女は、かつて語り手に対して密かに抱いた恋心を再び燃え上がらせようとしている。ここに端を発する事の顚末が、物語の横糸をなし、作品のタイトルでもある、お梅さんの「三度目の春 la troisième jeunesse」である。

ここでいう「春」とは、いうまでもなく「青春」のことだが、では、「三度目の春」＝「第三の青春」とは一体どういうことだろうか。

言葉のレベルでいうと、フランス語には「第二の青春」という言い方はあるけれども、「第三の青春」という表現はない。辞書によれば[2]、「第二の青春」とは、青年ではなく、熟年というべきか、要するに非青年としての中年の男女に図らずもやってくる、もっぱら恋愛感情に由来する青春（より正確にいえば青春に似たもの）である。それは純然たる〈青春〉が遅れて到来ないし回帰してくるものであり、いわば本来の〈青春〉をモデルとするコピーのようなものだ。なるほど青春は、仮にそれが何度回帰しようとも「第二の青春」なのであり、逆に、そうでなければ意味がない（プラトン的にいえば〈青春〉の本質を分有していない）ということになるのであろう。

　問題の「第三の青春」はどうであろうか。

　じつをいうと「三度目の春」が前提とする「二度目の春」という言葉は作品中一度もでてきていない。ただ文脈上、語り手が十五年前長崎に滞在していた当時からすでにお梅さんは彼に気があったという記述があるから（第八章）、そのときのことが踏まえられているにはちがいない。この意味では「第三の青春」は、さしあたって二番目の青春についでやってくる三番目の青春を指示しているにすぎない。しかしながら、それは単に事実上の順位を示すものではない（そもそも問題は事実ではなく意味なのだから）。また、特定の修辞的意図——反語《イロニー》——に尽きるものでもない（皮肉なら「第二の青春」で十分であろう）。「第三の青春」は、文字通りの意味にも、修辞的意味にも還元されない、固有の象徴的意味を担っているように思われる。いずれにしても、この表現については辞書に記載されていない以上、当の物語を参照するほかないであろう。

　まず、お梅さんが「第三の青春」を迎えたのは（要するに一定の精神的・肉体的若さを保ちえたのは）、彼女がそれまで子供を生んだことがなかったからだとされる。語り手がお梅さんの実子であると思い込んでいたオユキは、実際には彼女の産んだ子ではなく、夫サトーサンの不義の結果だったのだ。

お梅さんは母親になったことがなかった……。このことを知ったわたしは内心とまどいを覚えずにはいなかった。

お梅さんは気持ちも若く、からだ全体にも若さが溢れていて、わたし自身どうしてそうなのか分からないまま感服していたあのかくしゃくとした感じを与えるのも、きっとそのせいなのだろう。（91）

他方、第五二章でほのめかされ、最終章で明らかにされるように、「第三の青春」のただ中にあったお梅さんは、結局のところこの恋を実らせることなく更年期を迎える。ということは、彼女は生涯子供を産むことがなかったということだ[3]。お梅さんの「第三の青春」は不毛に始まり、不毛に終わる。ここに例証されるのは、本来の目的を果たさなかった無用な身体、より具体的にいえば、生殖の役に立たなかった無益な器官である。逆にいうと、この作品における「青春」のテーマのもとにあるのは、おのずと自己を再生産（＝模倣＝生殖）するものしての〈自然〉の問題なのではないか。だとすれば「第三の青春」は豊穣なる自然——自己の再生産を目的とする合目的的自然——に由来するのではなく、逆に、不毛から生まれるとともに、みずからはなにも産み出さない不毛な〈反自然〉ということになろう。

そもそも本来の〈青春〉とは、参照すべき特権的始原そのものである。この意味でいうと、「第一の青春」（78）という言い方は厳密にいえば冗長な表現であり、「第二の青春」があってはじめて可能となる相対的・回顧的表現ということになる。[4] もとより語り手はお梅さんの「第一の青春」を誤解していた。彼はそれを色恋に満ち、少々いかがわしいものとさえ想像していたが（第二八章）、実際にはそのようなものは存在しなかったし、さらには、先の引用にある通り、存在しなかったからこそ「第三の青春」が可能となったのだ（第三四章）。

一方、「第二の青春」という言い回しは、すでに示唆したとおり、問題となっている事象が〈青春〉に似たものであるとはいえ、〈青春〉そのものではないことを伝えている点で、そこにはすでに多少とも反語的な含みが感じられる。

では、「第三の青春」はどうかというと、それは反語を通り越して、ほとんど形容矛盾といってもいい不条理な表現だ。それは、単に青春が中年期よりもさらに遅れて「第三の年齢＝老年期 le troisième âge」においてやって来るということではない。また、「第二の青春」に次いで再度回帰してくるということでもない。問題は、到来の時期でも、回帰の度数でもない。「三度目の春」には、たまたま時機を逸しているばかりでなく、本質的に時宜を得ないところがある。それは自然な対象物をもたない、いわば反自然の季節であり、端的にいって〈青春〉とは似て非なるものの名なのである。

『お梅が三度目の春』は、したがって「第三の青春」という反自然についての物語（それがひとつの物語であるとすれば）である。そもそも「三度目の春」は、〈青春〉というすぐれて小説的な主題にかかわる限りにおいてロマネスクなものをはらみ、〈物語〉の萌芽ないし〈物語〉への欲望を内に含んでいる（第八章）。しかしながら、ここでより興味深く、示唆的なのは、この物語が結局更年期

春雨（Mademoiselle Pluie-d'Avril）のモデル其太郎，そして松子（上野彦馬撮影）
「私はもう退屈しない．もう一人ぼっちではない．恐らくこれまでの生涯に漠然と探し求めていた玩具に初めて出会ったのだ．口をきく小猫に．」（大井征訳『お梅が三度目の春』）

(retour d'âge) という身体の〈自然〉によって唐突に終わっている、あるいは終わらされているということだ（最終章）。この作品においては、物語そのものが反自然であるなら、〈自然〉はそれ自身がまさしく反物語の形象であり、ラディカルな反語的機能を担わされている。実際、物語の「結末＝解決 dénouement」(102) がなかなかやってこず、もとより話が容易に進展しないのも偶然ではない。そういう意味では、この物語はけっして前進せず、また終わりもしない。反自然の物語は、物語としての自然な展開、成熟、要するに漸進性を欠いており、反物語としての〈自然〉の介入によって唐突に終わらざるをえない。いわく、

かくしてお梅さんの三度目の春は突如として終わりを告げた……。(158)

「突如として」とは、物語的因果律が機能する余地がないということだ。「三度目の春」という反自然の物語において、〈物語〉と〈自然〉はかくも相容れないのである。

回帰——2のパロディーとしての3

ひるがえって今度は、図らずもお梅さんの恋の相手となる語り手のほうに目を向けてみよう。はじめに述べたとおり、語り手にとって今回の長崎滞在は二度目の滞在である。なるほど事実はそうだが、しかし〈経験〉という観点からこの二度目の滞在の意味を求めようと思うなら、ことは必ず

しもそう単純ではない。というのも、十五年前の最初の日本滞在は、語り手にとって一個の真正なる経験をなしていなかったからだ。彼は長崎港に入港するや、十五年ぶりの日本を前にしてこう独りごちる。

これらすべては、冬の死衣［＝雪］に覆われて相変わらず美しいにはちがいないが、あらためて目にしてみても、追憶の憂いが少しもない。感動がわかないのだ。愛することも、苦しむこともなかった国は、われわれになにも残さない。（14）

憂いといったって、われわれ［＝日本と語り手］が音信不通になってから過ぎ去った十五年の年月に由来する憂いがあるばかり。それを別にすれば、到着した日以上の感動はない。ということは、やはりぼくはこの国では苦しむことも愛することもなく過ごしたということなのだ。（16-17）

語り手にとって経験の意味を決定するもの、さらには意味としての〈経験〉の地平を構成するもの、それは「愛」と「苦しみ」である（ロチのいう「愛」と「苦しみ」の〈経験〉については、彼の処女作、トルコを舞台にした悲恋の物語『アジヤデ』が、そのロマネスクな原型、規範的モデルであるように思われる）。しかるに、前回日本を訪れたとき語り手は、本当の意味で出会うことも別れることもなく、愛することも苦しむこともなかった。言い換えれば、それがあればこそ物語も思索も可能となるような経験、そこに基づいてこそ意味が成立する〈経験〉を、彼は得ることがなかった。それも偶然の結果そうだったのではない。矛盾した言い方になるが、語り手によって日本は、本質的に〈経験〉が不可能な国として経験されていたのである。

実際、日本で目にするものは、それがはじめて見たものであるにもかかわらず、いつもすでにどこかで見たことがあるような感じを与える。この感覚は、コピー（浮世絵や置物に描かれた絵など）を通して知っている対象のモデル＝本物を人が現に目にしたときに抱く、嬉々とした驚嘆の念をともなうものではない。そうではなく、逆に、自然さえもが人工物を模しているように見え、オリジナルのほうがむしろコピーのコピーであるように感じられるということ、まがいものが遍在しているように思われるということだ。最初の長崎訪問を扱った『お菊さん』は、このような失望の感覚をともなう倒錯的事態をはっきりと伝えていた。そこではオリジナルな経験に固有の一回性が欠けており、一切が習慣・日常の反復に貫かれているので、なにものも真正ではなく、すべてが模造品のように見えるのであった（本書第一章）。

一方、二度目の訪問には一度目の訪問のときとはまた別の、固有の情動や価値が認められるはずだが、だとすれば、ここで「追想の憂い」ないし「感動」と呼ばれているものがそれであろう。だがここでは、もともと〈経験〉の名に値する始原的体験がなかったのだから、当然のことながら二度目の訪問には「追想の憂い」や「感動」がともなわない。「追想の憂い mélancolie de souvenir」とは、失われた過去へのノスタルジー、郷愁のことであろうが、失うべき過去（その喪失を悲しむに値する過去）がないので、苦痛をともなう真正なる郷愁の念も沸いてこない。

かくして『お梅が三度目の春』では、これといってポジティブな情動がはたらかず、むしろ倦怠（語り手はつねに退屈している）や悲哀（三味線の音は悲しみを蒸留しているかのようだ）、寒々しさ（日本の家屋はいつも冷えきっている）といった、情動の欠如ないし撤退に由来するある種の無感動、さらには無関心が支配的となる。

お梅さんの「三度目の春」にしても、語り手の二度目の長崎訪問にしても、問題となっているのはなんらかの〈回帰〉――青春の回帰、日本への回帰――である。だがそこにあるのは、充実した経験ではなく、不毛な経験というか、ある意味では経験の不在、さらにいえば〈非経験〉――なにものにも送り返されず、なにものも帰結しない、余計で無益な逆説的経験、始原に差し向けられたり、始原を再び産み出す反復ではなく、受け取るべき意味を欠いた失望の経験に通じる反経験――そのものである。「第二の青春」なら〈青春〉の回帰として、そこに直接送り向けられるコピーとしての（すでに多少なりとも反語的であるとはいえ）一定の意味を担いうるだろうが、「第三の青春」はそのような始原的参照物を欠いた反自然の形象である。また語り手の長崎再訪は、過去の始原的経験をもたず、したがってノスタルジーをともなわない。郷愁自体が求められているという意味では、「郷愁の郷愁」[5]をモチーフとする、回帰の戯画のたぐいでさえある。

かくして『お梅が三度目の春』と題されこの作品では、なるほど3という数字が支配的なのが見てとれる。ただしその3は、お梅さんの「第三の青春」がそうであるように、独自の第三項（たとえば弁証法的総合の項）を指し示すのではなく、あくまで反復ないし回帰、すなわち2を形象化している。しかしながら当の2それ自身もまた、語り手の長崎再訪が示すように、始原への回帰ないし始原の反復という充実した経験、要するに純然たる2を意味するのではなく、回帰のパロディーとしての回帰、必然性を欠いた不毛な反復を形象化しており、真正なる2のいわば凋落的派生形態としての3を含意している。3は、いってみれば2が自分自身からのずれないし遅延を意識しつつみずからを演じる、一種の自己擬態なのだ。

回帰のこのような失望をともなう自己諧謔的含みは、まさしく当の物語の自然な、皮肉なまでに自然な落ちである《retour d'âge》、すなわち「年齢の回帰＝更年期」という高揚を欠いた凋落的経験に通じるものがあり、また、この表現のうちに的確に示されているといえよう。

帰郷と流謫――「かの永遠のノスタルジー……」

語り手は十五年ぶりに訪れた長崎において真正なる感動を得ることがない。もっとも、それはたまたまなにも失われていなかったからというより、とりたてて失うものがもともとなにもなかったからだ。だが、そうはいっても、そこにある種の懐かしさの感情がないわけではない。たしかにそれは悲痛な喪失感をともなう真の郷愁ではないかもしれない（「追憶の憂いがない、感動がない……」）。長崎にはあらためて発見すべきものはないし、失って悲しむほどのものもない。しかしながら、そこにはなにかしら旧懐の情を抱かしむるものがある。喪失の苦しみや発見の驚きはないが、再会の喜びがある、一種の故郷の感覚がある。

じつのところ語り手の長崎再訪は、異郷への流謫（Exil）というロチにおいては馴染みの主題を文字通り反復するものではなく、むしろ逆に故郷への回帰、すなわち〈帰郷〉の擬態として演じられているように見える。(6) なるほど長崎においても語り手は、ときに望郷の念押さえがたく、流謫の思いをつのらせることがある。マダム・ルノンキュルの三味線の音は、「いまや夜のとばりが落ち、寺と墓地のふもとの町外れのこの一画にあって、これら見知らぬ敵意をもった一群の日本人の魂に取り囲まれたフランス人としてのわが魂の孤立を、いたたまれないまでに感じさせる」(75)。しかしながらこの流謫の想いは、ことさら日本訪問それ自体にかかわるものではなく、むしろ今回の極東派遣という作品全体の背景に由来している。同じマダム・ルノンキュルの三味線は、「流謫を、向こう二年間の中国滞在を、青春と年月の消失を語っている」(同)。この作品で〈流謫〉を象る土地があるすれば、それは日本というより、むしろ中国のほうなのである。

一方、当の日本はというと、中国が〈流謫〉を形象化しているのに対し、その構造上の対極をなすような形である種の〈故郷〉の規定を受けている。というのも、まず、物語上語り手の極東訪問の目的は〈戦争〉であるが、長崎訪問の目的（主目的からすれば従属的で付随的な目的）は〈休息〉である。描写のレベルでは、外に向かって開かれていると同時に内に向かっては閉じられている港湾都市長崎の両義的地勢（作品の冒頭、嵐の夜の長崎入港の描写を見よ）が、そこに「避難所」ないし「隠れ家」

(asile, refuge, abri) という形象を創出し、「平和 paix」、「休息 repos」といったコノテーションを付与している。さらには『お菊さん』との文脈からいうと、長崎は既知の土地であり、おのずとそこには「馴染みの」とか「わが家同然」(familier, comme chez soi (72), autant dire chez nous (142)) といった資格が与えられる。回帰とは、その本来的姿において起源への回帰、実存的にいえば自己の出生の地、自分が生まれ(そして/あるいは)育った土地への回帰、すなわち文字通りの故郷への回帰であり、実際そうであってこそ回帰は回帰としての十全的意味をもちうるであろう。帰郷は回帰の始原的モデルなのである。

さて、語り手の長崎再訪は帰郷の擬態であるといったが、それが擬態であるというのは、さしあたっては事実上長崎が本当の故郷ではなく、あくまで疑似故郷にすぎないからである。しかしながら書かれた作品のレベルでいうと、当の帰郷が擬態であることは、それが真正なる帰郷に対置されたときにこそ確証しうるものであり、また、そこにおいてこそ特定の意味を担ったものとして把握されるであろう。ここで語り手＝ロチの現実の故郷にかかわる実存的経験、現実に起きたことだが、テクストにも書き込まれている彼にとってのある悲痛な出来事に言及しなければならない。その出来事とは、今回の日本訪問の四年ほど前の出来事、一八九六年に訪れた彼の母の死である。[7]

ああ、中国の海にあと二年か！……長すぎる遠征のあいだ、子供の頃からわれわれがいろいろなものをそのひとの許に持ち帰ったところの女性、この世の誰にも代わりのできない女性、その崇敬する愛しい顔を再び目にすることができないのではという不安に苦しめられた、そんな時も今はもう終わってしまった……。今やその不安は一個の確実な事実と化してしまったが、近頃ではそこにも少々諦めの気持ちが漂いはじめている。そう考えれば、留守の期間がどんなに長くなっても、どうということはない。あの方の姿はもう、いつ帰ったとしても、けっして再び目にすることはないのだから……。だがしかし、そうはいってもさまざまな深い絆があって、ぼくはいまだ故郷に繋ぎとめられている――第一、ぼくには残された年月もごく限られていて、流謫の身となって無駄に時を費やす余裕はないのだ。(64)

語り手は、故郷における至上の価値であり、帰郷の究極の目的であったところのものをなくしてしまった。つまり、彼にとっての帰郷の本質的賭金は母――「子供の頃からわれわれがいろいろなものをそのひとの許に持ち帰ったところの女性、この世の誰にも代わりのできない女性」――であったのだが、その代理不可能な母がもうこの世にはいなくなってしまったのだ。母の生前は、母の「崇敬する愛しい顔を再び目にすることができないのではという不安に苦しめられた」けれども、いまや「その不安は一個の確実な事実と化してしまった」。本来の故郷とは、すなわち〈母の許〉を文字通りに意味する土地であり、それゆえ母こそが帰郷の真の目的であるとすれば、ここで長崎再訪が帰郷の擬態であるというのは、単に長崎が文字通りの故郷ではないという自明の事実を意味するのではなく、なによりも本当の故郷がその内実を失い、真正なる帰郷が不可能となってしまったという、語り手個人の実存にかかわる重大な事態を指し示しているのである。

もっとも帰郷は母の死によってその意味を完全に失ってしまうのではない。故郷はその本来の内容――母――を失ってしまったが、それにもかかわらず、故郷という土地そのものへの愛着――物質的身体的「絆」――によって、そこにはメトニミックな意味がなおも存続している（「そうはいってもさまざまな深い絆があって、ぼくはいまだ故郷に繋ぎとめられている」）。

日記ではさらに、十九歳年の離れた姉マリーの存在が引き合いにだされている。「二年――それは自分の年齢を考えるとき、無限の長さに思える！ そして、二人のあいだにいろいろの誤解はあるにせよ、自分が心から愛し、また懐かしい過去のただ一人の生き証人でもある年老いた姉の年齢も考えてみる。そして、まだ若くは見えるが年老いた姉が、つげの小径を散歩しているわが家の小さな庭――おそらくは彼女の最後の散策を見とどけることになろう小さな庭にわびしく想いを馳せる」[8]。ここではマリーという名前が〈聖なる母〉を暗に示しているのに加え、彼女がロチの幼年期から母親の代理といってもいいような役割を果たしていたことを想起しておこう[9]。

〈母の許〉を文字通りに指示する故郷は、もともとの内容を失っても、換喩的拡張（母の土地）、場合によっては隠喩的代置（母のイメージ）ないし提喩的代理（母の役割）によって、なお故郷として機能しうるのである。

だが、ここで見方を変え、母の死が「不安」としてつねに先取りされていたことに注目してみよう。「長すぎる遠征のあいだ、子供の頃からわれわれがいろいろなものをそのひとの許に持ち帰ったところの女性、この世の誰にも代わりのできない女性、その崇敬する愛しい顔を再び目にすることができないのではという不安に苦しめられた」。語り手の帰郷への想いにはつねにこの「不安」がつきまとっていた。そこには母の死をいわば前未来的に先取りする想像力、というより確実な知識がはたらいていた。つまり、母という帰郷の至上の目的がいつかは失われてしまうことを、わたしは確実な知識として知っていたのである(10)。

その場合、まさしく当の先取りする想像力、確実な知識において、故郷は〈母の許〉を意味すると同時に、何よりも事前に母の不在――母なき後の世界――を指し示す両義的な記号として機能するであろう。とすれば、故郷は母の死を越えて存続し、母をその不在において意味しつづけうる点で超越的なものであり、はじめから本質的にそのようなものとして機能していたことになる。郷愁にはいずれやってくる取り返しのつかない事態がつねに想定されていた(ここに真正なる郷愁の切実さと強度が由来するのであり、長崎で演じられる疑似帰郷と真正なる帰郷との質的差異もまたここにある)。だが、そうだとすれば、郷愁はその起源においてすでに真の帰郷の不可能性に差し向けられ、十全的意義をともなう帰郷を断念すること(生き残る者の覚悟、生き続ける者の諦念)を含意していたのではないか。また、その意味でいうと、郷愁とは、まさに帰郷の本来的意義が(事前に)失われ、それが換喩的ないし隠喩的・提喩的意味に置き代えられるときに生じる逆説的情動なのではないか。なるほどそれは帰郷の欲求ではあるが、まさしく真の帰郷の先取りされた不可能性に基づいている点で倒錯的な欲求であり、両義的感情をともなう。ノスタルジーはつねにメランコリーをはらむものであることが、ここであらためて確認されよう。

郷愁はほかならぬ流謫の感情である。しかるに、流謫の感情は母の死を先取りする確実な想像力＝知識とともに生起する。現実の流謫（少なくともロチの小説に描かれたかぎりでの経験上の流謫）は、一般にそのような論理において先取りされた経験、すなわち喪の事前の遂行、疑似的反復と解釈することができる。この点ロチの小説作品における女主人公の多く（アジヤデ、ララフ、ファトゥ・ゲイ）が死に至っているという事実には、単なるメロドラマ的大団円とは別の、深層のテーマ――架空の母殺し――を読みとることもできよう。つまり、彼女らは母の代理的形象なのであり、作品は彼女らを死に至らしめることによって、当の土地をいわば故郷化し、郷愁の対象に仕立てあげるということだ。異郷は逆説的にも故郷の様相をもって希求されるようになる。同時に、母という個別存在に対する愛惜の念が存在一般に拡張し伝播する。[11] かくして故郷は遍在し、郷愁は普遍化する。この眩暈を誘うようなノスタルジーのことを、ロチはつぎのように言い表している。すなわち、cette éternelle nostalgie d'où je ne suis pas... ――「自分が今いない場所への、かの永遠のノスタルジー……」[12]。

世界の脱魔術化、あるいは凋落について

ロチの流謫の旅はいずれ母をめぐる喪の先取りに由来している。[13] だが、そうだとしても、一体どうして母の死を先取りする必要があるのだろうか。

ここでおのずと、ある幼児の遊戯に関するフロイトの報告が想起される。[14] その幼児は、ひもをつけた糸巻きをベッドの縁の向こうに投げだしては、それをたぐり寄せるという謎めいた行為を反復するのであったが、それは堪え忍ぶしかない母の不在を能動的にとらえかえす、離別と再会を演出するドラマ、遊戯なのであった。この遊戯には、ロチにおける出立と帰郷の反復との類縁性が認められる。つまり、自分の身を〈母の許〉からの追放を意味する流謫の中に投げ出すことのうちには、運命として受け取るしかない未来を能動的主体的に創り出し引き受けることによって支配するという動機がはたらいているように思われる。

実際、ロチの帰郷（より正確にいえば異郷と故郷のあいだの往還）にはいわゆる帰省の規則性、要するに儀式性ないし遊戯性が認められる。「子供の頃からわれわれがいろいろなものをそのひとの許に持ち帰ったところの女性、この世の誰にも代わりのできないあの女性」[15]という言い方のうちにも、この流謫と帰郷の往復運動が現実的なものというより、想像的なものに属していることが感じられる。また、それは一つの遊戯であるとともに、一種の実験のようなものでもある。母とは、その人の存在が、その許から一旦離れ、再びそこに戻ってくることによっていわば検証されるところの人なのだから。いずれにしても帰郷と流謫のあいだには、真の対立、ジレンマはない。両者はむしろ相補的、さらには反転可能[16]でさえあり、一方が他方を前提とし、ひとつの意味ある遊戯を成立させている。その意味——利益——とは、流謫と帰郷を方向づけられた合目的的遊戯として案出し、制御しがたい現実を予見可能な虚構として再創出すること、要するに耐えがたい現実をまがりなりにも耐えうるものとすることにほかならない。

故郷は愛するひとの喪失とそれにともなう悲痛な想い、喪の苦しみを含意する。じつに、故郷とはつねにそういうものだったのであり、ここにかの懸念が由来するのだが、愛する人の死はいまや単に恐るべきものとして予感されるのではなく（喪の先取り）、すでに起きてしまった取り戻しえない事実として耐え忍ばれるしかない（喪の到来）。語り手は故郷への想いをつのらせながらも、長崎を発つことにそれほど執着しておらず、むしろためらいを示しており、さらには帰国の延期をさえ願っているかのように見える（「留守の期間がどんなに長くなっても、どうということはない……」）。作品中、滞在の延長、出立の遅延をめぐるシークエンスが反復されており、それがひとつの有意味な単位を構成しているように見えるが[17]、実際こうした逡巡、延滞は単純な意味で長崎への愛着に由来するのではなく、むしろ真の郷愁に直面することの忌避を証しているように思われる（喪の回避）。この点、ロチの日記はより端的に事の内実を物語っている。母を失ってしまったいま、すなわち当の「恐れ」が「確実な事実」となってしまったいま、「二年！　わたしは二年も［極東に］とどまる勇気があるだろうか？　しかしながらこの艦は居心地がいいので、わたしは、帰国を、フランスで自分を待ち受けているものを、不安、愛、苦悩がまた目覚めるのを怖れる[18]」。

帰郷と流謫は二律背反的に対立するのではなく、相補的に対置されるひとつの合目的的遊戯を構成するのであったが、そうした有機的構造の中で、故郷はその価値を失い、帰郷はその意味を喪失する。虚構を支えていた実在の保証（＝母）が失われ、遊戯をその根底で貫いていた現実的なもの（＝母の死）がまさに現実として到来したいま、想像的遊戯は意味ある遊戯として通用しなくなり、虚構は魅惑する力を失う。語り手は「必要な疑似餌 un leurre nécessaire」(97) という言葉を口にしているが、なるほど虚構には人を魅惑 (enchantement) するおとりが必要なのだ。だが、そもそもこうして虚構の仕掛けをメタ言語化すること自体のうちに、その前提として、虚構は虚構にすぎないという現実への覚醒 (désenchantement) がすでに含まれているのではないか。同様に長崎という土地は、そこにいる義理の家族ゆえに真の故郷の代替物、疑似故郷として機能しているが[19]、この故郷が文字通り疑似的で非本来的であること、要するにそれが虚構にすぎないことも、「義理の belle-」(44…) という言葉による記述、つまり事態の(メタ)言語化の作業が想定する自嘲的な距離によってつねに意識化されているのである。

真の情動の欠如(「追想の憂いがない、感動がない」)は、真正なるノスタルジーを虚構において再創出しえないことに由来する虚構からの情動の撤退を意味する。長崎はもはや、情動的価値が注ぎ込まれた虚構の想像的舞台としては機能しえないのだ。意味と目的を欠き、方向づけも終わりもない流謫、それを仮に漂流と呼んでおこう[20]。さきに言及した「避難所」ないし「隠れ家」とは、そうした永遠の流謫の内に接ぎ木された疑似故郷の謂いなのである。語り手にいわせれば、長崎は流謫の地にはちがいないが、その流謫というのも、「甘言をもって大いに人の気を引く流謫 un exil très enjoleur」(第三五章)である。このいわば楽しい流謫であるところのかりそめの故郷に賭けられているのは、せいぜいが母の死に由来するメランコリックな感情、すなわち喪の暫時の猶予にすぎない。結局、「大いに人の気を引く」ものではあるかもしれないが、この疑似故郷は、真に人を魅惑する力をもたない。いかにも、『お梅が三度目の春』はもはや虚構が通用しなくなった脱魔術的現実を、母なき後の世界という凋落的世界を啓示——黙示——しているのである。

二　中立のフィギュール

前節では、凋落（caduc）というテーマを取り上げ、それを脱魔術化された世界の表象と結びつけて論じた。一般に、虚構には人を魅惑する力が備わっているが、『お梅が三度目の春』が描くのは、まさしくそのようなものとしての虚構が通じなくなった興ざめた世界、白けた現実なのであった。一方、凋落は、言語学的には音素の脱落（eの無音化）を意味しており、本来関与的弁別的であるべき特徴が無効となる事態を指し示している。言語学的分節化が二項対立の原理に基づくとすれば、凋落のテーマからはおのずと対立の解除、すなわち中立（neutre）というテーマが浮上してくるであろう。

以下では、同じ凋落という問題にかかわりながらも、もっぱら作品に現われたいくつかの中立の形象について論じてみたい。それらの形象——フィギュール——とは、すなわち存続、撤退、歓待、そして身体である。

存続と凋落

前節で見たとおり、語り手にとって長崎は流謫の地でありながら、そのじつ故郷を代理＝表象する土地でもある。もとより近代化・西洋化を進めている明治の日本のこととはいえ、長崎においては、いずれ人も風俗も風景も十五年前と大して変わってはいない。ものによっては失われてしまったもの、新しく持ち込まれたものもあるが、おおよそのところは昔のまま今もなお存続している。「どうこういっても、変容と破壊へと押しやる常軌を逸した時流にもかかわらず、あの昔日の日本は依然として存在している」(16)、「まったくの話、かつてのわが日本はいまだ存在している、お菊さんの時代の日本、わが青春時代の日本は」(19)、「それでもなお日本は存在している」(24)……。

一方、軍命により一旦長崎を離れたルドゥターブル号がふたたび日本に戻ってきたとき、一行は長崎に立ち寄ることなく東京・横浜に向かう。するとそこには「昔の面影はなにも残っていない」(133)。それゆえ語り手は「停泊期間中この新日本《ネオジャポン》には二度と足を踏み入れなかった」(134)。ところが、東京・横浜を離れ、もう訪れることはないだろうと思っていた長崎に再度(これがついには最後の訪問となるのだが)寄港することが伝わると、歓喜の念は押さえがたく溢れてくる。「一切の予想に反して、艦の修理のため長崎に寄港し、二、三週間停泊することになったようだ。するともう嬉しくてたまらない。あの美しい湾内で、あの愛想のいい女たちに再会できるのだから。」(同)

かくして、横浜や東京が「新日本《ネオジャポン》」を代表するとすれば、長崎は旧日本(ネオ・ジャポンに対していわばパレオ・ジャポン)を代表する。この範列において長崎は、東京や横浜に対抗する肯定的価値を体現するのだが、前者と後者が差異化されるのは、かつて見知ったものがいまだ存続しているか否かという点においてである。〈存続〉は、作品のいわばライトモチーフをなしており、さらにはある種の情動的価値に結びついた倫理的テーマとなっている。

新日本と旧日本の対立を語る以上、おのずとそこには時間的要素がかかわってくるが、ここで問題となっている時間は近代的時間、すなわち変遷する時代であり、前進する歴史である。ところが、いましがた長崎の描写や長崎と東京・横浜との対立に見たように、時代の変化と歴史の進歩は、この作品では漸進的・連続的なものではなく、範列的・非連続的なものとして与えられている。語り手の目に諏訪神社が「ここ十五年で二、三世紀も歳月を経たように見える」(87)のもそのためであろう。しかしなによりも、物語が一九〇〇年から一九〇一年にかけて、つまり旧世紀＝一九世紀と新世紀＝二〇世紀の境界において語られているというのは示唆的だ。さらにいうと、この結局のところ日付け上の偶然にすぎない事実が象徴的価値をもちうるのは、それがある重大な歴史的出来事によって敷衍され、構造的に支えられるからである。その歴史的出来事とは、ほかならぬ一九世紀の終焉そのものを象るヴィクトリア女王の死である(第一七章、一月一七日の記述)。「ひとつの時代が彼女の果てしなく続くかと思われた治世とともに終わりを迎える。そして彼女はわれわれ皆をお供に従え、過去へと引き連れてゆくかのようだ」(50)、「歴史のページはめくられた……」(51)。

ところで、〈旧日本／新日本〉という習俗の範列にしても、〈新世紀／旧世紀〉という時の分節化にしても、それら自体は結局のところイデオロギー的含み(近代主義であれ反近代主義であれ)をもつ通俗的な対立の図式に還元されるように思われる。ここでむしろ興味深いのは、当の図式に由来すると同時に、それに対する抵抗ないしそこからの逸脱をも意味する〈存続〉というテーマの両義性、逆説性である。じじつ〈新／旧〉という範列を前提にしたとき、〈存続〉には限定的、受動的性格と同時に、一定の強度をもった倒錯的性格、ある種の侵犯的力が認められる。というのも存続するとは、旧いものが限られた期間（存続は永続とはちがう）ではあるが当の範列を越えて存在すること、みずからを押し流す時流に抗して（「……常軌を逸した時流にもかかわらず……」）存在し続けることなのだから。そこには短命さ（いずれ存在しなくなるだろう）とともに頑迷さ――非社会的なまでの頑迷さ――（それでもなお存在する）があり、本質的に反時代的なもの、非今日的なものが含まれている。

じつのところ問題なのは、存続しているものそのもの（〈新／旧〉のパラダイムに属し、その一方の項を担う実体）ではなく、存続しているという事態（当のパラダイムの一時的超越、侵犯、ないし中断、失効をひきおこす過程）である。存続とは範列の構成要素ではなく、超範列的プロセスなのだ。

もとより存続と永続との本質的差異もそこにある。つまり、存続は単に永続の限定された形態なのではない。それは存在ではなく生成の語彙をもって理解すべき固有のプロセスである。生成に属するものとして、まず、存続はつねにふたたび始められるものでなければならない。加えて、存続のまさに存続たるゆえんは、それが生成の帰結、さらにはその証明として没落と消滅を内包する点にある。それゆえ、存続するものはいかに頑迷であれ、いずれ短命なのであり、それも偶然にではなく必然的にそうなのでなければならない。存続するものの短命さはその頑迷さの条件であり、証しでさえある。

短命であるということは、言い換えればそれを受け継ぐものがないということであろう。受け継ぐものがないので、存続するものは「折れ曲がり déjeté」（15）（日本の艀について）、「打ち捨てられた状態 délaissement」(117)（長崎の路地について）に置かれ、「老朽化 vétusté」(26, 173)（お梅さんの家およびマダム・ルノンキュルの庭について）、「流行遅れ démodé」(105)（朝鮮人の服飾について）、ないし「廃用 désuétude」(155)（祭りについて）といった含みをもつ。いかにも、存続するものの主要な特徴は、まさにそれが元来のコンテクスト（パラダイム）においてもっていた関与的特徴（意味ないし有用性）をすでに失ってしまっていることにある。それは単に所与のシステムにおける否定的ないし対抗的価値なのではなく、そもそも価値として通用しなくなってしまったもの、流通から離脱したものの謂いなのだ。

かくして存続のテーマは凋落のテーマと結びつく。なるほど、落下を語源とし、関与的特徴の脱落を意味するこの「凋落的 caduc」という語[21]は、存続するもの——孵(15)、盆栽(31)、街の様子(35)、お熊さんの家とそれが面している通り(52)、神社の風神雷神像(92)——についてくり返し用いられている。凋落的都市長崎……。凋落は、いってみれば存続するものの基本的相貌なのだ。

さらには、凋落がもともとの文脈における関与的弁別的特徴の脱落を意味するとすれば、関与性・弁別性を喪失することは、対立を解除すること、すなわち中立化することにほかならない。凋落が存続するものの一般的表情だとすれば、中立はその基本的エートスなのである。

没落し、中立的で、価値として通用しなくなってしまったもの……。では、存続するものは絶対的に無価値なもの、文字通り取るに足らないものなのだろうか。否。没価値的であるどころか、この存続というテーマには無視できない情動的価値が付与されている。語り手は、存続するものを目にするたびにある種の「不思議な想い」にとらわれると告白している。「遠く離れた国々で、多くの騒乱を経て、世界中を駆け巡ったその後に、不動のままとどまった哀れな小さきものども、同じ場所に生え続ける取るに足らない小さな植物を再び見出すと、いつも不思議な想いがする」(23)。この想いには、語り手が帰郷したとき故郷に対して抱く感覚に通じるものがある。さきに示唆したとおり、故郷への想いは、母という個別存在への愛と、その愛の拡張ないし伝播から発した存在一般に対する普遍的愛惜の念とのあいだに位置している。母の死を越えて存続するものは、母の死を意味するとともに、失われた母への愛を換喩的に保持し、伝播するのである。故郷は、前進する〈歴史〉とは異なる時間に属し、さらにいえば歴史からの撤退を意味する。語り手が存続するもの一般に向ける眼差しのうちには反歴史的なもの、非今日的なものに対する加担が認められるという意味で、〈存続〉は一個の倫理的テーマをなしているのである。

漂流と撤退

システム内部での交通＝流通という観点から見ると、凋落とは、システムそれ自体からの離脱であり、定まった意味、方向づけをもたず、本来の目的を逸した、終わりのない派生的プロセスとしての脱線、逸脱のたぐい、要するに漂流である。

流謫から漂流への主題上の抑揚の変化については前節の終わりでも指摘したところだが、では、この漂流というテーマは、存続＝凋落のテーマと交差する限りにおいて、具体的にどのような形で展開されているだろうか。ここで取り上げてみたいのは、漂流のいわば戦術的顕現形態である撤退というプロセスである。

さきに、中国大陸は流謫に、島国日本は故郷に等価であると述べたが、〈中国＝流謫〉と〈日本＝故郷〉との範列的関係は、さらに象徴的レベルで捉え直すことができる。すなわち〈中国‐大陸〉は戦いの地、生と死が対置され、弁証法的に展開する現実的時空としての〈歴史〉を表している。これに対し〈日本‐島国〉は、そうした現実的時空の中断、〈歴史〉からの撤退を意味している。このことを仮につぎのように言い換えておこう。すなわち、〈中国〉は死を象っているのではない。それは「生／死」の対立が機能する時空を、したがって〈生〉を象っている。これに対して〈日本〉は、「生／死」の範列からの撤退を、したがって〈死〉を象っている、と。

逆説的な言い方に聞こえるかもしれないが、このことは作品中〈日本‐島国〉を象嵌法的に象どるトポス、すなわち島の中の島である「宮島」によって構造的に確証される。じじつ宮島は「エデンの園のような避難所」であり、そこでは「けものを殺すことも、木を切り倒すことも許されていない」。また「なにものも生まれる権利も死ぬ権利ももたない」(136)。語り手にいわせれば、「島国の民」であることはそれ自体が一個の「希有な特権」(140) なのである。「島」はすぐれて中立的なトポスとして形象化され、ユートピア的価値が付与されている。[22]

ただし、このユートピアは文字通り不在の場であって、固定した場所、確定した位置をもたず、むしろ位置づけがたさに規定され、浮動性、揺らめき、逃走性によって特徴づけられる。それは特定の実体というより、むしろ動的プロセスなのだ。

実際、日本が島国としてユートピア的価値づけをされるのは、もっぱら大陸＝中国に対置されたときである。しかし同じ日本は、西洋＝ヨーロッパに対置された東洋＝アジアを代表するとき、黄色人種が白人種に対して抱くルサンチマンを形象化する。日本人は「全黄色人種の中でわれわれ白人種に対する憎悪を醸成し、将来の殺戮と侵略を扇動するであろう小民族」(135) なのである。こうした敵愾心を凝集した形で担うのが上述の東京・横浜なのだが (第四八章)、その上で、日本は東京・横浜が代表する進歩的新日本と、西の果ての半島長崎が代表する凋落的旧日本に分節され、後者にユートピア的価値が付与される。さらに、「わが家同然」であるところの当の長崎の内部にも敵対的エートスが浸入してくる。第二〇章に描かれた長崎の人たちの形相は一変している。「人一倍にこにこし、腰の低い人たち、普段はばか丁寧でへつらうような彼らが、今日は怒りによって形相を一変させている」(57)。彼らは「戦闘における中国人」のようであり、じつのところ、「傲慢で神秘に満ちたこの小民族は白人に対する激しい憎悪を優美な外見の裏に秘め隠している」(同)。もとより長崎というトポス自体、冒頭から、新日本と旧日本の遍在する対立関係がもはや消しがたく刻み込まれた都市として描かれていたではないか (14-15)。

中国と日本、あるいは西洋と東洋のあいだに認められる対立関係は、日本それ自身の内部、さらには日本の日本性 (旧日本) を代表する長崎の内部にも刻印されている。では、この遍在する敵対性は、テクストが最終的に差し向けられる潜在的下部構造あるいは基本的範列なのだろうか。

否。この関係を今際《きわ》の際でずらし、かわす形象が存在する。そのひとつは、すでに見たとおり日本という島の中の島、宮島であり、もうひとつは、〈中国 - 大陸〉と〈島国 - 日本〉のあいだにはさまれた〈半 - 島〉であるところの朝鮮である。西洋をルサンチマンをもって反復する日本は「朝鮮の存在を最も脅かす厄災」（107）であるが、朝鮮は「中国の影響も日本の影響も感じられない」（105）中立的トポスであり、また「中国のくびきから逃れたばかり」で、「今やあらゆる方向から脅かされて」（115）もいる。ソウルは長崎に劣らず凋落的都市の相貌を呈し、存続のテーマを再導入する契機となる。

この風変わりな朝鮮はあとどれだけ存続するだろうか。（同、強調は引用者）

かくして、朝鮮という〈半 - 島〉（pėninsule = presqu'île）が日本に取って代わり、なお一層「珍妙 saugrenu」で、「独特 à côté」な、「灰色」（中立の色）の国を代表することになる。対立はいたるところで反復的に見出されるが、テクストはそれらの対立をことごとく後退させる中立的場所を嗅ぎ出す。遍在する対立をずらし、かわすこと、ここに、補遺ないし付録あるいは間奏曲のごとくに本文に差しはさまれた一節、「ソウルにて」と題された奇妙な一章（第四〇章）の戦術的機能、さらにはその論理的意味がある。

作品において直接的に語られることのない〈中国 - 大陸〉は、『お梅が三度目の春』というテクストにおけるテクストの外部、外部としての限りで語られるテクストの彼方を表象している。[23]一方、「避難所」としての長崎を舞台とするこの作品はそれ自体がこの外部に対置されるのだが、この潜在的対立はテクストの内部に作用し、外部からテクストの顕在的構造を決定する。当のテクスト自身はといえば、それはそうした外的現実あるいは世界、要するに〈歴史〉からの撤退の動きそのものである。

撤退はひとつの継起的プロセスであり、島国日本、周辺的都市長崎、宮島（島の中の島）、朝鮮（半‐島）など複数の土地形象のあいだで引き継がれる中継、交替によって成立する。すなわち、このテクストは対立関係からの撤退を、言い換えれば中立を志向しているのだが、この中立性は固定した特定の場所ないし実体に割り当てるべきものではなく、継起的な撤退の動きそのもの、揺らめき、ずらしのプロセスとして遂行されている。いたるところに対立関係は浸入し、伝播してくるが、それと同じ執拗さで、ほとんど反射的と思われる仕方で対立の動揺、転位、敵対関係からの撤退の動きが生じる。こうして対立的範列は継起的に展開され、無限の系列をかたちづくる。実際、ここでいう撤退＝中立が実体ではなくプロセスであるかぎり、そこには到達点などありえない（そもそも到達とは前進にかかわる語彙ではないか）。それゆえ宮島も朝鮮半島も撤退というプロセスの到達点ではありえない。あえていうなら、それらはむしろ撤退のパースペクティヴにおける、到達のイロニーとしての文字通りの消失点（point de fuite）である。また、矛盾した言い方になるが、仮にこの撤退に目的地があるとすれば、それは母の許を意味する文字通りの故郷であるはずだが、至高の価値である母を失った故郷は、撤退の目的地というより、むしろ止むことのない撤退を引き起こすつねにすでに失われた起点であるというべきであろう。

最後に、撤退には決済を拒もうとする意志、猶予期間を限りなく延長しよう、対決の時を遅延させようとする意志が認められる。しかし撤退は、単に敗北的価値を表すものではなく、独自の肯定的意味を担ってもいる。それは見方によっては価値の転換をもたらすものであり、したがって価値の創出でもある。だとすればつぎのようには言えないだろうか。すなわち、帰郷の擬態として機能する語り手の長崎再訪は、疑似的かつ暫定的「わが家 chez soi」(72)、「避難所」ないし「隠れ家」という中立的トポスを案出し、それによってテクストの外部にあるもの(現実、歴史)の力を暫時宙吊りにするとともに、そこではたらく諸価値(真面目さ、誠実さ、雄々しさ……)を中和する力を創始する、と。そして、これら男性的諸価値を中和する力を形象化するものこそ、ほかならぬ「日本女性」——それが女性という性ではなく性の欠如、非‐性を象るかぎりでの日本女性——なのではないか(後段「嬰と屍」参照)。

歓待と敵意

「故郷／異郷」あるいは「帰郷／流謫」という二項対立的かつ相補的図式は、帰郷の至上の価値である母の死によって以後そのようなものとしては成立しなくなる。本来の意味での帰郷、すなわち母の許を意味する故郷に帰ることが、いまや逆に流謫の感情、ノスタルジーをかきたて、ひとをメランコリーに陥れるからだ。

永遠の流謫、漂流の発生にともなって、問題の図式は非対称的に派生し、故郷の対立項である異郷のうちに疑似的故郷が案出され、流謫のさなかに帰郷の擬態が演じられることになる。ここに、流謫のただ中における故郷としての「隠れ家 asile」ないし「避難所 abri」という新たなトポスが成立する。「避難所」あるいは「隠れ家」は、「帰郷／流謫」というジレンマをはらむパラダイムからの暫時の撤退を意味し、「故郷／異郷」という二律背反的関係を中立化する。この新たなトポスを集中的に形象化しているのが長崎であることは、冒頭の長崎入港の場面に見たとおりである。

同じ「故郷／異郷」という図式を「味方／敵」という図式で置き換えてみよう。この置き換えは恣意的なものではない。植民地主義が激化し、諸々の利権をめぐる国家間の対立抗争が複雑化・深刻化しつつある一九〇〇—一九〇一年という歴史的状況を背景とするこの作品においては、さまざまな局面で敵と味方が識別され、対峙している。そもそもこの作品自体「わが親愛なるルドゥターブル号の仲間たち [compagnons]」に、「二十二カ月に及ぶ遠征期間中の彼らのよき友情 [camaraderie] の思い出として」捧げられているが、なるほど国民国家《ナシオン》というイデオロギー的前提の下では、同国人は絶対的な意味での味方なのだ。一方、物語の内部においては、列強の兵士たちのあいだに、あるときは連帯意識——フランス兵とドイツ兵の場合（第一一章）——が、あるときは敵愾心——イギリス兵とフランス兵（第一一章）、あるいは日本とロシアの場合（第一四章）——が生まれる。また、語り手は日本人のうちに、西洋人に対する東洋人の劣等感に由来するという「憎悪」ないし「敵意」を感じ取っている（第二〇章、第四八章……）。

ところで、われわれがここでとくに注目してみたいのは、歴史的あるいはイデオロギー的に見ていかにもありそうなこうした「敵／味方」の対立関係とはまた別に、その傍らで、この作品にはもっと両義的で特異な形象と布置が形づくられていることだ。すなわち「異郷／故郷」の関係と相似的に、「敵／味方」の図式も二重化し、「敵」の内部にある種の「味方」が接ぎ木される。「敵」の内に接ぎ木される「味方」、固有の意味では「敵」でも「味方」でもないもの、それは敵ないし異邦人（hostis）でありながら（あるいはまさにそうであるからこそ）迎え入れられる者（hospes）、さらには迎え入れられる者であると同時に迎え入れる者でもあるところのもの、すなわち「主人＝客人 hôte」（39, 144）である。[24] このことを価値原理のレベルでいえば、「味方／敵」の関係を支えている敵意（hostilité）の論理に代えて、それを中和する歓待（hospitalité）の論理が創出されるということになろう。

『お梅が三度目の春』には、語り手とお梅さんのロマンスという疑似小説的筋書きや、彼女の更年期という反小説的出来事はあるが、劇的緊張に支えられた真に小説的な持続はない。しかし小説的行為以前、ないしその手前にあって、一見無意味に見えるが、執拗にくり返され、作品にある固有のパターンを与える一連の所作、さまざまな人物や状況を通じてほとんど機械的に反復されるある同一のシークエンスが観察される。作品中あらゆる場面でくり返される行為、その上に個々の心理劇が生じ、出来事が展開される物語の枠組みとなる基本的行為、それは〈招待‐訪問‐応接〉のシークエンスからなる〈歓待〉をめぐる行為である。

物語中、登場人物のあいだで最初にとりおこなわれる行為は〈招待〉である。第四章、語り手が上陸してまもなく出会った人物、マダム・ルノンキュルは、語り手をさっそく「身内の晩餐」に招いている。第五章、退屈凌ぎにたまたま訪れた「鶴乃家」は「客あしらいがとてもよさそう」な店で、以後語り手が好んで〈訪問〉をくり返す場所となる。第八章では、語り手は諏訪神社下の料亭（富貴楼）に招かれ、地元の名士たちの接待を受ける。このほかにも、春雨の家への訪問（第一六章）、ロシア病院への見舞い（第二五章）、ドン・ハイメとの料亭「不死鳥」での会食（第二九章）、お熊さん（第一八章他）やお鶴さん（第二一章他）とのやりとり、マダム・イチハラ（第三〇章）の店への訪問、風頭山でのイナモトとの逢引き（第三七章他）、語り手の「浮遊する家」すなわち戦艦ルドゥターブル号上の自室への招待・訪問（第一九章、第二三章）等々、あらゆる場所と人物を通じて〈招待‐訪問‐応接〉のパターンがくり返される。いたるところにもてなしの場が設定され、歓待の空間が開かれるのである。

歓待は人に対して与えられるだけでなく、物に対しても与えられる。ある日語り手はブルターニュ生まれの水兵の訪問を受ける。二年の遠征期間延長の知らせを聞き、婚約中のその水兵は、故郷で自分を待つ婚約者への贈り物を安全な場所、つまり上官である語り手の船室にかくまってほしいと願い出るのである。「この慰めの一策をどうしてこの男に拒むことができようか。わたしの部屋はそうでなくても足の踏み場もないほど物で一杯だが、わたしはよろこんでこの愛情のこもった白絹の布とささやかな婚礼の贈り物を迎え入れてやろう」(65)。贈り物（don = gift）とは、得体の知れぬもの、毒を含んだもの、敵意をもっているかもしれぬ異邦人のたぐい（hostis）である。だが、なるほど贈り物も異邦人もけっして無垢なもの（innocent＝無害、無毒なもの）ではないが、ここで暗示的なのは、物はじめ贈与の対象として与えられていながら、それが歓待の対象（hospes）に転化されることにおいて、その毒性がいわば中和されるということだ。ここにも敵対から歓待への倫理的転換が認められる。

ところで、〈歓待〉の行為が生じるどの場面においても、歓待の形式はいかにも厳格だが、内容はじつに空虚である。たとえば、気晴らしに赴いた「客あいしらいのよさそうな」茶店「鶴乃家」で、語り手は「心の中まで寒い」（20）思いをする。土地の名士に高級料亭に招かれたときも、終始「途方に暮れ」（19）、興が乗るということがない。義母マダム・ルノンキュルの家に招かれたときは、「なにもかも寒々としていた」（44）。若宮神社のマダム・ラ・シゴーニュ（お鶴さん）との関係も「恋の失望」（122）に終わる。彼女は結局のところ語り手を単なる顧客としてしか見ていなかったのだ。最後にお梅さんはといえば、「滅びやすいわが肉体のみがこの婦人の心を動かしえた」のであり、更年期を経た彼女の「その心のうちにはもはやわたしの心へと赴く少しの感情の飛躍もない」（157）。

じつのところ、あらゆる局面でくり返される〈歓待〉のパターンは、まさしくその自動反復的性格ゆえに遊戯的ないし儀式的様相を帯びる。つまり〈歓待〉は、ちょうど〈帰郷〉がそうであったように一種の擬態なのだが、この際それが擬態であるというのは、真のコミュニケーションの賭金である人格上の交流――心の交わり、魂の交感（交換？）――に、ここでは二義的重要性しか与えられていないということだ。

それゆえ、応接（réception）はつねに失望＝受け損ない（déception）に終わる。用意された形式＝器に見合う期待された内容＝中身が見出されることはけっしてないのだ。内容と形式、器と中身の極端な不均衡（あの寓話のキツネとツルの歓待を思わせるような適合性の欠如）を寓意的なまでに象徴化しているのが、第一三章、新年の挨拶として列強の代表者が当局の役人や土地の名士に招かれて接待を受ける場面である。すなわち、「二階は宴会場（応接の間）になっていて、われわれは芸者を含めても十二人そこそこしかいないのだが、軽く二百人は入るだろうと思われた」（39）。

かくして、この作品における〈歓待〉の儀式は、単なる（交流ないし交換の）手段ではなく、それ自体が目的と化している。いってみればコード（プロトコル）が、メッセージ（コンテンツ）よりも優位に立っているのだが、これはただ単に内容よりも形式が重視されるということではない。問題はむしろ、内容と形式の対立そのものを解消することにある。

このことは日本人に対する語り手の見方にはっきり表れている。すなわち、語り手にとって日本人の心は不可解であるが、不可解なものがつねにそうであるように、いずれそれは憎悪と敵意ないし悪意に満ちているように見える。「傲慢で神秘に満ちたこの小民族は、その優雅な外観の下に白色人種に対する獰猛な憎悪を隠しもっている」（57）。こうした見解は、その内容において単なる人種差別主義的イデオロギーの反転した表白なのではなく、より本質的にその形式において中心の空無を否認するイデオロギー的修辞なのである。語り手にとって、見えない内容（fond＝底）は敵意に満ちており、得体の知れぬものは毒を含んでいる。じつに、内容とはつねに（文字通り）底意をもったもの、「腹黒いもの sournois」（127）なのではないか。[25] しかるに、その心理的内容がいかなるものであれ歓待という典礼において賭けられているのは、対立の中断《エポケー》であり、敵意の中立化、毒性の中和なのである。内容と形式の対立は、さらに主体と客体の対立にも通じている。じじつ「避難所」としての長崎において支配的なのは、同一化という能動的動きではなく、むしろ他者化という受動的経験である。「わが流謫の仲間たちもまた知らぬ間に段々と日本人みたいになってゆく。皆あの混み合った山並みや鋸状の山稜に慣れてしまう。山の頂きもそんなに奇妙だとか、日本的だとは思わなくなってきた」（72）。

ここでいう他者化とは、同一性＝主体性＝固有性の一時的放棄のことである。一時的にせよ（ことが歓待にかかわる以上まさにそれは一時的であるほかないのだが）同一性を放棄した以上、ひとは「味方」にも「敵」にもなりえない。「歓待するもの＝されるもの」という図式において、まさしく「主人＝客人」であるところのものとなる。[26] それは〈主／客〉の中断であり、〈主＝客〉（hôte）の創出、一言でいって〈歓待〉（hospitalité）の確立である。Hôteとは、事実上主人であると同時に客人でもある者なのではなく、権利上主体でも客体でもないこと、主と客のあいだに階層が存在しないような流動的関係を表す形象であり、要するに、敵意の暫時の中断、対立の中立化そのものにほかならない。そしてここに開かれるのが、「避難所」という（そこでは交換が二義的意味しかもたないという意味で）まぎれもない交通のトポスであり、歓待の（そこに持続的に留まることはできないという意味で）過渡的時空なのである。

襞と屍

日本のもの（ロチのいう「ジャポヌリ[27]」）は、大抵の場合、見た目に愛らしく、慇懃で、親近感がもてる――長崎湾の風景、日本女性の物腰、建物の外観、町並み……。

だがその同じ場所に、不意に、なにかしら疎遠なもの、おぞましく敵意に満ちたもの、不可解で不気味なものが立ち現われる――神社や寺の造作、珍妙な工芸品の意匠、猥雑な風紀、風俗……。

　とりわけ不可解で不気味なのは、この親しみやすさと疎遠さが矛盾なく併存していることだ。この点、マツモト嬢と卑猥な表象の隣接（第三〇章）、および幼いムスメたちと露出狂の乞食の同時存在（第五六章）は、語り手に「ジャポヌリ」の本質を直観させる象徴的光景となっている。

> このムスメ［＝マツモト嬢］は彼女の日本――表面は子供っぽくて可愛らしく、疲れを知らぬ忍耐心をもっているが、魂の奥底には、ぞっとするような、恐ろしい、わけのわからないものを秘めた日本――のいわば生きたアレゴリーである。（86）

> この組み合わせほど日本的なものはない、この愛らしいちっちゃな小学生たちと、わが国なら風紀取締警察にただちに監禁されてしまうであろうこのおぞましきものとの組み合わせは。（156）

不気味なものはしばしば性的な侵犯にかかわるゆえに、たとえばそれを抑圧されたものの回帰と解釈することもできよう。だが、語り手にとって真に不可解なのは、そうした実体そのものではなく、あくまで不気味なものがそれとはおよそ相容れない親しみやすいものと取りもつ関係――無垢なもの・無害なものと、おぞましいもの・毒を含んだものとの並置、象徴化していえば、ムスメたちの笑み（sourire）と事物の渋面（grimace）との並立――である。両者は、なるほど実体としては相容れないもの、対立するものであろうが、問題は、現実においてそれらが互いに他を排除せず並存している――範列をなしていない――という、その統辞論的関係なのである。しかるに、排除がないところではそもそも抑圧が機能しえず、侵犯が成り立ちえないのではないか。

それ自身が不可解なこの非抑圧的関係を語るのに、ロチは「日本の婦人たち」と題されたテクスト(28)で、日本の美術品、珍妙な置物《ビブロ》の例を引き合いに出している。そこでは他愛なく、人畜無害と見えたもののなかに「珍妙なもの」が混入しており、けっして無邪気とはいえぬ、なにかしら悪意に満ちたもののように紛れ込んでいる。さらに彼は、日本の「扇子」という、この際最も適切と思われる比喩を用いている。この卓抜な譬えの論理に従えば、親しみやすさと不気味さは、同じひとつの襞をなすものとして、ともにものの表面に属しており、その裏面にはなにも隠されていない。ただ、一方が見えていれば、他方は折れ目のなかにたたみ込まれ、しまい込まれているにすぎない。折れ目を返せば一方と他方の面が入れ替わり、その意味＝方向（sens）が反転するのである。

要するに彼女たちは、この国の美術品、つまり、極度に洗練されているが、なにか卑猥なものが竹の枝や聖なる鶴の下に隠されているかもしれないので、念のためヨーロッパにもちこむ前に選別しておくべき骨董品のようなものである。あるいはまた、あの日本の扇子、右から左に開けば絶妙な花枝が現われ、反対方向に開けば一変して最もおぞましく下品な絵となる扇子にたとえられるかもしれない。(29)

ところで「扇子」は両方向に開かれるものである。ゆえに「珍妙さ」も双方向に読まれねばならない。

まず、語り手にとって「珍妙」と思われるのは、深層の本質がしばしば表層の非本質性によって中断され、はぐらかされてしまうことである。そもそも事物が垣間見せる深刻な表情（渋面）は、軽佻浮薄な表面（ムスメたちの笑顔）の裏にある実相、本質といったものではない。この点では、むしろ軽佻浮薄さのほうが荘重さをはぐらかし、その裏をかきにやってくる操作的機能、能動的意味――イロニーのそれ――を担ってさえいる。渋面の実相化・本質化への誘惑に抗して、いかなる真摯なもの、本質的なものもムスメたちの笑顔のなかでは滑稽化し、非本質化してしまう。ヴィクトリア女王の厳かな死と、ムスメたちの不謹慎なまでの無邪気な所作とのコントラストを見てみよう。女王の訃報に接し、しばしメランコリックな瞑想に耽った語り手は、ふと「今度はムスメたちの反応を、岸沿いの高いところにとまっている、雨に濡れた葉むらに囲まれたあの小さな家々の中で、彼女たちがいつまでも鳴りやまない砲声を聞いて驚いている様子を思い浮かべている」、つまり、「この国では物事をどうしても真面目に考えることができなくなってしまうのだった。女王の死でさえも……」(50)。

しかしながら、語り手にとってなんといっても理解しがたいのは、同じ「扇子」の逆方向の展開、すなわち、表面の親しみやすいもののうちに裏面の不気味なものがたたみ込まれているということだ。だが、正確にいって、日本における不可解なものは表面に対する裏面に隠されているのではない。ここには、理解というものが本質的に裏面、奥底、ないし背後に差し向けられるべきものであるという構造が作用している。つまり語り手においては、裏側(les *dessous*)に隠されているものこそが理解に値するもの(暴くべき真理を担うもの)であるという形而上学的かつ通俗的真理観(真理をめぐるイメージ)が支配しており、さらにいえば、不可解なものの認知が裏側という場を生ぜしめるというトポロジーがはたらいている(たとえば第一八章(53)を見よ)。

他方、ここでいう不気味なものをイデオロギー的に実体化して考えてはならない。不気味なものは文字通り理解不可能なのであって、それ自体としてはポジティブに表象しえず、テクストの外へ放擲され、排除されるしかない。ただその場合、棄却の所作はテクストの内部に痕跡を残すのであり、われわれが本書の第一章で指摘したように、「珍妙」という語彙がその痕跡のひとつなのである。

そうでない場合、つまりそれ自体として棄却の対象とならない場合、この同じ不気味なものはイデオロギー的参照によって敵意をもったものとして容易に実体化され、対象化される。たとえば「黄禍」(43)というイデオロギー的ステレオタイプや、現実(日露戦争前夜という歴史的状況)への参照が、不気味なものを敵意に変換してしまう場合のように、テクストの外部をなすイデオロギーや現実が想像的実体としてテクストの内部に取り込まれるのである。結局それは、不可解なものの場所に敵意を見出すことによって空虚を満たすイデオロギー的合理化、一種のレトリックであって、欺瞞的表象にすぎない。

かくして『お梅が三度目の春』には、その愛らしい襞のもとに、棄却すべきおぞましいもの、対象化しえないにもかかわらず執拗に存続する不気味なものが折り込まれている（作品はそれ自体が珍妙な置物―― Texte-Bibelot ――なのだ）。このテクストに織り込まれた最も不気味なもの、物語を貫くおぞましさのきわみ――〈中性〉のきわみ――、それは、前節で示した反物語の形象としての不毛な〈自然《ピュシス》〉、具体的にいえば、お梅さんの凋落的〈身体《フィジック》〉であり、ほかならぬ彼女の「三度目の春」である。実際この作品に登場する身体は、もっぱら衰退し劣化する没落的身体――これを仮に形而下的身体《イボ・フィジック》と言い換えておこう――ばかりだ(30)。たとえば、「生死の境」(12)にある病んだ身体（ポチエ元帥のそれ）(31)、疲弊した身体（ルドゥタ－ブル号乗組員たちのそれ）、「着物の襞の中に没しているそれ自体は取るに足らぬ躰」(28)、すなわち、身体性の欠如そのものであるような平板な――「無性の＝中性的 insexué」(21)――身体（踊り子春雨に代表される日本女性のそれ）、そして、変質し収縮する身体＝器官（お梅さんのそれ）……。

だがお梅さんの身体は、無用な身体、無益な器官であることにおいて、なによりも死んだ身体、〈屍〉に通じている。しかるに、日本において死体は焼却されて物質的痕跡を残さない。火葬は、死体を消去し、物質を昇華・超越することによって、身体＝物質《フィジック》の共通の運命、すなわち無としての〈死〉をただちに、一挙に招来させるのだが、結局のところ非物質的《メタ・フィジック》＝観念的なものにすぎない〈死〉は語り手を脅かさず、むしろ安堵させる。[32]「ここには人間の灰しかない。死体などどこにも見当たらず、腐敗、形あるおぞましいものはない。このことがこの緑陰の下にあって一切の恐怖を取り除いてくれる」(54)。

ところが、物語の終わり近く、語り手は焼き場に送られる親子の屍に偶然出くわす。「突然疑念がわいて体が震えた。人間の腐ったにおいがしたのだ」(153)。焼かれる前の腐臭を放つ死体は彼を文字通り驚愕させる。「なんて嫌なんだろう！　わたしは、焼き場のすぐそば、死体焼却人と墓掘人夫の茶店に入っていたのだ」(同)。彼は長崎を何度も訪れ、長いこと住んだのに、「それらの死体が、きれいな柩に入れられ、造花と白装束のムスメたちの行列を従えて町をさっそうとねり歩く前に、どこで焼かれるのかは知らなかった」(154)のである。

愛らしい外観におぞましいものを織り込んでいる長崎は、それ自身が襞をもつテクストなのだが、テクストとしての長崎——Texte-Nagasaki——にすみつきながら、それまで気づかれることのなかったこの亡霊的身体＝屍は、ロチにおける身体の真理そのものの例証である。〈死〉は「生／死」のパラダイムに属するという意味で非連続的であり、昇華された無時間的観念にすぎないが、〈屍〉は落下する物体であるとともに、腐敗する物質の漸進的時間に属するという意味で、凋落と存続のテーマを再導入する。いかにも、死体においてあらわになる身体の身体たるゆえん、その身体性とは、凋、落である。生＝魂を越えて存続する文字通りの凋落的身体（Corps caduc）のきわみとして、〈屍〉（cadavre）は身体の真実である凋落そのものを例示するのである。そして、屍の凋落性は、もはや幻想＝虚構として信じることができず、そうかといって、いまだ死によって超越＝昇華することもできない残余の生（より根源的には残余としての生）の真実に通じている。

「三度目の春」とは、人生の凋落的季節の反語的呼称であり、かような季節を謳う『お梅が三度目の春』は、本質的に凋落的なものとしての生の真実を伝える反物語的小説なのである。

注

序

（1）日本とフランスにおけるロチの受容ならびに研究状況をごく簡単にまとめておこう。
明治時代のロチの翻訳については、富田仁氏の『フランス小説移入考』（東京書籍）に以下の五点が挙げられている。明治二五年「江戸の舞踏会」（目花道人『婦女雑誌』）、同二八年『岡目八目』（飯田旗軒、春陽堂）、同三四年「足弱車」（みをつくし『帝国文学』）、同四四年「安南の老宣教師」（岡村千秋『秀才文壇』）、「鐘楼守」（岡村千秋『中学文壇』）。このうち最初の三点が日本を舞台にした作品である。
次に、筆者が確認しえた大正以降刊行の単行本を年代順にあげておく。

大正
『日本印象記』（『秋の日本』抄訳）高瀬俊郎、新潮社、大正三年
『郷愁（守備兵の話）』（付「カスバーの三夫人――東洋の物語」）後藤末男、新潮社、大正三年
『お菊さん』野上豊一郎、岩波書店、大正四年（新潮社、大正一二年、岩波文庫、昭和四年）
『氷島の漁夫　埃及行』吉江喬松（孤雁）、博文館、大正五年

昭和（戦前）
『氷島の漁夫』吉江喬松、岩波書店、昭和三年
『水夫』岡野馨、創藝社（世界名作文庫）、昭和八年（同（近代文庫）、昭和二八年）
『ロティの結婚』津田穣、岩波書店、昭和一二年（世界文学社、昭和二〇年）
『ロティの日記』落合孝幸、白水社、昭和一二年

『ラムンチョオ』新庄嘉章、白水社、昭和一三年（『ラムンチョ』岩波書店、昭和三〇年）
『アフリカ騎兵』渡辺一夫、白水社、昭和一三年（改訂版、昭和二六年、岩波書店、昭和二七年）
『スタムブウルの春』岡田眞吉、白水社、昭和一四年
『青春』大塚幸男、白水社、昭和一四年（河出書房、昭和三一年）
『東洋の幻』岡田眞吉、白水社、昭和一五年
『アンコール詣で』佐藤輝夫、白水社、昭和一六年（改訂版、付「クレール叔母逝く」中央公論社、昭和五六年）
『秋の日本』村上菊一郎、吉氷清、青磁社、昭和一七年
『少年の物語』津田穰、岩波書店、昭和一八年

（戦後）
『お梅が三度目の春』大井征、白水社、昭和二七年
『アヂィアデ』佐藤輝夫、岩波書店、昭和二七年
『東洋の幻影』佐藤輝夫、岩波書店、昭和二七年
『お菊さん』根津憲三、白水社、昭和二七年
『死と憐れみの書』大塚幸男、白水社、昭和二七年
『秋の日本』同上（完全版）、角川書店、昭和二八年
『お菊さん』関根秀雄、河出書房（河出文庫）、昭和二九年
『氷島の漁夫』吉江喬松、吉氷清、岩波書店、昭和三六年（新訳、吉氷清、昭和五三年）
『北京最後の日』船岡末利、東海大学出版会、昭和六四年
『アジヤデ』工藤庸子、新書館、平成一二年

現在書店で入手可能なのは最後の二冊ぐらいであろう。文庫本としては、近年復刻版でいくつかでてはいるが、それも絶版となっており、古書店に出回っているものを求めるか、図書館で閲覧するしかない。

戦後の日本におけるロチ関連の研究書・研究論文については、ほぼ網羅的と思われる「文献要覧」が刊行されているので、そちらを参照されたい（ただし平成六年度分まで）。

『フランス文学研究文献要覧　1945-1978（戦後編）』杉捷夫他編集、日本アソシエーツ、昭和五六年

『フランス語フランス文学研究要覧』(11-A～11-I)、日本フランス語フランス文学会編集、昭和五八年―平成一一年

つぎに、フランスにおける最近の研究・出版状況、とくに一九八〇年代以降の状況を概観しておく（七〇年代にあって先駆的で斬新なロチ研究として挙げうるのは、唯一ロラン・バルトの「ピエール・ロチ――『アジヤデ』」のみであろう）。

まずは、一九八〇年から一九八八年まで三十六巻が刊行された「ピエール・ロチ協会」機関誌『ルヴュ・ピエール・ロチ』を挙げねばならない。これは、『国際ピエール・ロチ友の会会報』（一九三三年から一九三六年まで十一巻、一九五〇年から一九五一年まで八巻）および『カイエ・ピエール・ロチ』（一九五七年から一九七九年まで七十四巻）と合わせて、数々の証言や考証、研究、エッセー等を含む無尽蔵の資料体となっている。

一九八六年には画期的な二つの評伝、レスリー・ブランチ『ピエール・ロチ』とアラン・ケラ＝ヴィレジェ『ピエール・ロチ　理解されざる人』（改訂増補版『ピエール・ロチ　地球の巡礼者』一九九八年）が刊行された。それ以前まではロチの同時代人による証言の類が多かったのだが、両著はそれらの資料を総合し、他の考証にも基づいた本格的評伝である。とくに後者は、現在のロチ研究にとって不可欠の資料と評されている。一九八八年に出版されたアルバム形式の伝記クリスチャン・ジュネ、ダニエル・エルヴェ共編著『魅惑の人ピエール・ロチ』は、ロチ研究者ならずともぜひ手元に置いておきたい美麗な一冊である。

本格的な研究書としては、本書でもたびたび参照したアラン・ビュイジーヌの『ロチの墓』（一九八八）、シュザンヌ・ラフォン『ロチの至高のクリシェ』（一九九三）、一九九三年七月パンポールでおこなわれた研究会の発表記録『ロチ、その時代』（一九九四）、マリー＝ポール・ド・サン＝レジェ『ピエール・ロチ　捉えがたき人』（一九九六）、さらに評伝形式の研究書としてアラン・ビュイジーヌ『ピエール・ロチ　作家とその分身』（一九九八）を

挙げておく。単行本ではないが、本書第一章で参照したミシェル・ビュトールの論考「珍妙なるもの、ロチ」を付け加えておこう。

　いちいち挙げることはしないが、一九八五年以降アラン・ケラ＝ヴィレジェ、ブリュノ・ヴェルシエをはじめとする研究者・校訂者による各社叢書版の出版があいつぎ、その中には校訂版として利用価値の高いものも少なくない（ちなみにロチの著作物の著作権は一九八八年に保護期間（作者の死後六十四年と二七五日）を過ぎて消滅している）。ここでは、一冊の単行本として刊行された大部な作品集を三点紹介しておこう。小説集『ピエール・ロチ』（一九八九）、紀行文集『ピエール・ロチ　旅（一八七二―一九一三）』（一九九一）、小品集『短編小説《ヌーヴェル》と説話《レシ》』（二〇〇〇）。

　最後に、最近刊行された『日記』について述べておこう。『日記』は早い時期にはロチ自身、そして息子のサミュエル・ロチ＝ヴィオーによって二巻（一九二五年に一八七八年から一八八一年までのもの、一九二九年には一八八二年から一八八五年までのもの）が刊行されており、その後『ルヴュ・ピエール・ロチ』やいくつかの再版の付録などとして断片的に紹介されているが、ここでは単行本となったもののみを挙げておく。すなわち、一八九六年一〇月から一一月にかけての日記『母の死　日記未発表断章』（一九八九）、ケラ＝ヴィレジェ、ヴェルシエ編『かの永遠のノスタルジー、日記一八七二―一九一一』（一九九七）および『青い兵士たち　日記一九一四―一九一八』（一九九八）。

（会報、雑誌）

Bulletin de l'Association internationale des Amis de Pierre Loti, 1933-1936, 1950-1951

Cahiers Pierre Loti, 1952-1979

Revue Pierre Loti, 1980-1988

（研究書、評伝、論文（年代順））

Roland Barthes,《Pierre Loti : *Aziyadé*》, *Le Degré zéro de l'écriture, suivi de Nouveaux Essais critiques*, Seuil, 1972

Lesley Blanch, *Pierre Loti*, Seghers, 1986 (Traduction par Jean Lambert de Lesley Blanch, *Pierre Loti, portrait of an Escapist*, Collins, London, 1983)
Alain Quella-Villéger, *Pierre Loti l'incompris*, Presses de la Renaissance, 1986
Alain Buisine, *Tombeau de loti*, diffusion Aux Amateurs de livres, 1988
Christian Genet et Daniel Hervé, *Pierre Loti l'enchanteur*, La Gaillerie, Gémozac, 1988
Suzanne Lafont, *Suprême cliché de Loti*, Presses universitaires du Mirail, Toulouse, 1993
Michel Butor, *Le Japon depuis la France, Un rêve à l'ancre* (Conférence 3 : Saugrenu *Loti*), 1995, Hatier
Marie-Paule de Saint-Léger, *Pierre Loti, l'insaisissable*, L'Harmattan, 1996
Alain Buisine, *Pierre Loti, l'écrivain et son double*, Tallandier, 1998
Alain Quella-Villéger, *Pierre Loti, le pèlerin de la planète*, Aubéron, Bordeaux, 1998
(研究会発表記録)
Bruno Vercier et al., *Loti en son temps, colloque de Paimpol*, Presses universitaires de Rennes, 1994
(作品集)
Pierre Loti, 《Omnibus》, Presses de la Cité, 1989
Pierre Loti, Voyage (1872-1913), 《Bouquins》, Robert Lafont, 1991
Nouvelles et récits, Omnibus, 2000
(日記)
Mort de ma mère, Fragment inédit du Journal intime, postface de Fernand Laplaud, La Nompareille, 1989
Cette éternelle nostalgie, Journal intime 1878-1911, éd. de A. Quella-Villéger, B. Vercier et Guy Dugas, La Table Ronde, 1998
Soldats bleus, Journal intime 1914-1918, éd. d'A。A. Quella-Villéger et B. Vercier, La Table Ronde, 1998

第一章

（1）使用したテクストは、*Madame Chrysanthème*, édition de Bruno Vercier, coll.《GF》,Flammarion, 1990。なお、引用した箇所には、同版の頁数を括弧に入れてアラビア数字で示した。また、太字による強調は論者による。翻訳に際しては、野上豊一郎訳岩波文庫版（一九二九年）、根津憲三訳白水社版（一九五二年）、関根秀雄訳河出文庫版（一九五四年）、それぞれの『お菊さん』を参考にした。

（2）「マダム・クリザンテーム」（同棲前は「マドモワゼル・クリザンテーム」）は、一般に「お菊さん」と訳されている（注1に挙げた邦訳諸版を参照のこと）。しかし作品中、「クリザンテーム」の日本名は「キク Kikou」ないし「キクサン Kikou-San」であることが明記されている。彼女の名は、一度目は書面に書き込まれた宛名として（第二八章）、二度目は語り手が彼女に呼び掛けるときの呼び名として（第四九章）、いずれもその物質性において表象されている。現実には「キクサン」とは、オカネサンの実在の従兄弟である倖夫（語り手が長崎滞在中唯一評価するに値したという作中の「ジン四一五号」）の名である。「オキクサン」という名は「マダム・クリザンテーム」のある種の意訳としては可能だが、現実において文字通りには存在しないのである（この作品でも「ジン四一五号」の「筋肉質で野性的な剝出しの脚」（58）や美顔への言及が見られるが、ロチにおける男性的身体や変装・仮装への嗜好、さらに同性愛の問題については、アラン・ビュイジーヌ『ロチの墓』Alain Buisine, *Tombeau de Loti*, diffusion Aux Amateurs de livres, 1988 の第一章「振る舞い」《Comportements》、とくに p.63, note 46 を参照のこと）。

（3）作品中、「人種」、とくに肌の色（「黄色」）への言及など、人種（差別）主義的語彙・表現が少なくない。

（4）ミシェル・ビュトールは、ロチの日本を理解するための重要な語彙・概念として《saugrenu》を取り上げている（Michel Butor, *Le Japon depuis la France, Un rêve à l'ancre*, coll.《Brèves littérature》, Hatier, Paris, 1995、とくに、《Conférences 3 : Saugrenu》参照）。ビュトールは「珍妙」と「奇妙 bizarre」や「突飛 incongru」との微妙なニュアンスの違いを強調しているが（p.42）、われわれはむしろ「珍妙」を、滑稽でありながら、「奇妙」の不気味さや、「突飛」のスキャンダルをも含意する包摂的な（ある意味で本性上矛盾をはらむ）概念とみなしている。

(5) ロチの読書経験および書記実践における日記ないし日誌の重要性については、『ある子供の物語』に語られた航海日誌のエピソード (Pierre Loti, *Le Roman d'un enfant*, édition de Bruno Vercier, coll. 《GF》, Flammarion, 1988, chapitre LXVI) を参照のこと。

(6) 「無の創造」については、ロチにおける死と空無のテーマを体系的に論じたアラン・ビュイジーヌの前掲書(とくに終章にある「空無の実践」《pratiques du vide》, p.404 et suiv.) 参照。

(7) この点興味深いのは、この物語全体の音響的背景、通奏低音となっている蟬の鳴き声である(第二章、第一七章)。蟬の鳴き声はここでは騒音としてではなく、機能的にはむしろ静寂として描かれている。この連続性を瞬間的に中断させ、意味の出現を象っているのが、山にこだまする「はやぶさの一種」の「ハン、ハン、ハン」という鳴き声である。このことを構造的に確証するのが、第二六章の夜の静寂にこだまする煙管を叩く音「パン、パン、パン、パン」(122) である。「珍妙なもの」に対する背景の関係は、室内装飾品に対する室内の壁(白い表面)、猛禽の鳴き声に対する蟬の声、煙管を叩く音に対する夜の静寂の関係に等しい。要するにそれは、そこに「珍妙なもの」の綾が浮かび上がる一様で地味な表面、「珍妙さ」の出現の機会を保証する空虚な場、それ自体ではなにものでもない地である。

(8) 語り手とイヴとのロマネスクな関係については、つぎの論文を参照のこと。Damien Zanone, 《Bretagne et Japon aux antipodes, les deux moments d'un même roman d'amour pour Yves : lecture de *Mon frère Yves* et *Madame Chrysanthème*》, in *Loti en son temps*, Colloque de Paimpol (ouvrage collectif), Presses universitaires de Rennes, 1994.

(9) これに対し、献辞に言及されている写真では、「ピエール・ル・コール(イヴ)/オカネサン(クリザンテーム)/ロチ(語り手)」という並びになっている。ここでは、クリザンテームが意味論的対立を顕在化する仕切り棒となり、「イヴ/語り手」の緊張関係(良風美俗の範列によって置き代えられたスキャンダルの範列)が象られている。まるで作品が語る偽善的意味に対して、写真は隠蔽された真の意味(同性愛のそれ)を写し出すかのように。

(10)「言説上のある線分は、それに解釈（単に字義そのものの解釈であっても）を付すために、同じ言説の他の線分を参照する必要があるとき、アナフォリックな線分と呼ばれる」(O. Ducrot et T. Todorov, *Dictionnaire encyclopédique des sciences du langage*, coll.《Points》, Seuil, p.358)。われわれはこの定義を広く取り、作者、他作品、文化的知識・情報など、作品における外部空間への参照、または作品外部に位置する形象の召喚をアナフォールと呼ぶ。

(11)「模造性 facticité」という語は、スュザンヌ・ラフォン（『ロチの至高のクリシェ』第二章「捉えがたき日本」）による。本節の考察も彼女の論考に負うところが多い。Suzanne Lafont, *Suprêmes clichés de Loti*, coll.《Cribles》, Presses universitaires du Mirail, 1993（《II L'imprenable Japon》）.

(12) このエピソードに対応する記述は日記には見当たらず、作者による創作である可能性が強い（船岡末利編訳『ロティのニッポン日記――お菊さんとの奇妙な生活』有隣堂参照）。実在のクリザンテームの名は「キクサン」ではなく「オカネサン」なのだが、ロチの友人（海軍士官として）にして弟子（作家として）であり、同じアカデミー会員でもあったクロード・ファレールの報告によると、ロチは彼に、「カネとは金銭という意味だから、これは彼女にふさわし名前だったのだ」と語ったという (Claude Farrère, *Loti*, Flammarion, 1930, p.75, cité dans Suetoshi Funaoka, *Pierre Loti et l'Extrême Orient —— du journal à l'oeuvre*, France Tosho, Tokyo, 1988)。

(13)『小学館ロベール仏和大辞典』《absurde》の項。

(14) 語源的にいうと「不条理」は耳の聞こえない、あるいは耳を貸さないという意味の《sourd》から来ているともいわれる (Cf. Carlo François, *La Notion de l'absurde dans la littérature française du XVIIe siècle*, coll.《Critères》, Klincksiek, 1973)。

(15)「不条理」は意味論上のアポリアをかかえている。すなわち「不条理」は、それが意味に対する反逆であるなら〈反逆〉というそれ自体は古典的な意味をもつことになり、また、それが意味の欠如であるというのなら〈意味の欠如〉という意味を免れなければならない。

(16) だからといって「珍妙さ」が「恐ろしさ」を欠いているということではない。それどころか、「珍妙さ」は「異様さ」を含意しており、「不気味さ」に貫かれている。「真面目さ」を欠くということは、単一性を欠き、単純素朴ではないということであり、逆に、元来複合的で、構成上矛盾を含むということである。この点については本書第三章であらためて触れたい（「襞と屍」の段参照）。

(17) 注8を見よ。

(18) 船岡末利編訳前掲書、および Suetoshi Funaoka, *op. cit.* を参照。

(19) 注4および注16、さらに本書第三章「襞と屍」の段を参照のこと。

(20) 「問いかけ」という、この語の語源的な（ことさらに批判的でなく技術的な）意味で。この点「珍妙な」という形容詞が「ちぐはぐな」という意味で、question saugrenue のごとく、しばしば「問い」（「答え」もそうだが）に係るという事実は興味深い（ビュトールの前掲書四二頁参照）。

(21) 紋切り型（cliché）の問題はスュザンヌ・ラフォン前掲書に詳しい。

(22) 注5を見よ。

第二章

(1) 『ラ・ヌーヴェル・ルヴュ』*La Nouvelle Revue* は、ロチより十四歳年長で、彼の公私にわたる相談役であり、後ろ楯でもあったジュリエット・アダンが一八七九年、『両世界評論』に対抗して創刊した雑誌。

(2) ピエール・ロチ『秋の日本』村上菊一郎、吉氷清訳、青磁社、昭和一七年。訳者による「あとがき」が収められているのは、検閲を受けた本書が昭和二八年に完全な形で上梓された角川書店版『秋の日本』である（われわれの参照したのは平成二年第五版）。その「あとがき」にもあるように、これ以前には、抄訳本として『日本印象記』（高瀬俊郎訳、新潮社、大正三年）、および『岡目八目』（飯田旗軒訳、明治二八年、春陽堂）があった。ちなみに、両訳本に対する村上・吉氷両氏の評言を引いておこう。「両書とも残念ながらわれわれの期待するものからは遠い当時の意訳ものであるが、今日からみればいずれも珍書の一つに数えられよう」。われわれが使用した原典は、Pierre Loti, *Japoneries d'automne*, Calmann-Lévy (29e édition), 1893 である（初版は一八八九年）。翻訳に際しては、角川書店版を参考にさせていただいた。
（3） *Trésor de la langue française. Dictionnaire de la langue du 19e et du 20e siècle*, CNRS.
（4） nを重ねた「ジャポンヌリ japonnerie」という綴りでは、ゾラが第一の意味で一八七八年に用いている（voir *TLF, op. cit.*）。
（5） ロチは一八八五年（明治一八年）七月八日から同八月一二日まで長崎に滞在した後、同年九月一八日から一一月一七日にかけて日本各地を訪れている。詳細は船岡末利編訳『ロティのニッポン日記――お菊さんとの奇妙な生活』有隣堂参照。
（6） ヤン・ピーパー『迷宮』工作社参照。ピーパーは迷宮をあくまである種の合理性の表象、未知のものを合理化する表象と捉えているが、『秋の日本』における迷宮的表象は、全体化することのできない部分を抱えた非合理的表象である。
（7） 逆に、距離＝位階＝神秘をもたらすものとしての通じない言葉、読めない文字については、東照宮奥社の門に書かれた神聖文字、サンスクリット語の例（223）を見よ。
（8） この点、柿という日本に固有の物体を記述する際、「金」がその属性、というより、ほとんどその実体として引き合いに出されているのは示唆的である（「［果樹園の］いかにも日本的な樹木には、美しい金色の果実、カキがたわわに実っている」（110）、《カキ［…］鈍く光る金でできた球体」（144）、「カキの金色の小さな球体」（146））。また《*kaki*》のイタリックは、固有物の翻訳不可能性を意味するとともに、固有名のシニフィアンを模倣反復することにおいて、対象の記録という意味も担っているように思われる（後段「描きえぬものの記録」を見よ）。
（9） 「変装」のテーマについては、アラン・ビュジーヌ前掲書四九頁以下を参照のこと。
（10） 商業都市、したがって流通都市として描かれている大阪が、神戸から目的地の京都にいたる途中の経由地としてごく簡単に触れられているだけなのは（5）、事実の問題はどうあれ、否認の意味がそこに認められるようで興味深い。
（11） 前章注12を見よ。

(12) 前章注2を見よ。

(13) ここで『お菊さん』の「献辞」にあった例の一文が想起される。「三人の主要な登場人物は、私と日本と、かの国が私にもたらした効果である」。ここでいう「日本」は「効果」の原因ではなく、それ自体が然るべき原因もなく、偶然に「私」の下に落ちてきた「効果」そのものなのではないか。

(14) 日光の「山頂」は、「もはや人間の痕跡がまったく見当たらないところ」(238) である。「自然」は人間的痕跡ないし文化を消去するように作用する。この点、「金の透かし彫りが入った銅製の灯籠」に苔がむしているのを見て驚嘆する語り手の反応は暗示的だ。「わたしはこれまで、苔が青銅色の輝く金属にむしているのを見たことがない」(207)。

(15) したがって『秋の日本』に現われる「フジヤマ」は、一見あるいは一般にそうであると思われるのとは逆に、日本を代理＝表象するイメージや記号のたぐいではないということだ。

(16) 村上・吉氷訳では、意図的か否かは不明だが、この箇所は訳出されていない。

(17) 「ムスメ mousmé」についていうと、ロチは『お菊さん』でそのシニフィアンの特徴ないし固有性をめぐってつぎのように述べている。「ムスメというのは、少女あるいは非常に若い女性を意味する語である。これは日本語のなかでも最もきれいな語の一つである。この語の中には *moue*《ムー》（彼女らがする愛らしくて滑稽なふくれっ面）と、そしてなによりも *frimousse*《フリムース》（彼女らの愛嬌たっぷりの顔）が含まれているような気がする。これに相当する語がフランス語には見当たらないので、これから先わたしはたびたびこの語を使うことになるだろう。」(90-91)

(18) 古代の装束（91-2, 340）は幾何学的図形と技術製作的定義が統合された記述の例である。ただし、そこには対象を非固有化する例の安直な比較・参照の要素が混入することもある。たとえば（神楽を舞う女の装身具について）「アルザス女のリボンを大きくしたような白いモスリンの房飾り」（208）といったように。

(19) この段の考察は、アラン・ビュイジーヌ『ロチの墓』（前掲書）に負うところが多い。ただし、ビュイジーヌはロチの日本関連の作品についてはあまり触れていない。

(20) ロチの作品に頻出し、文字通りの意味でも比喩的イマージュとしても用いられる「ヴェール」は、埋葬のメトニミーである屍衣の代替物であり、その機能は意味のありかを隠しつつ指示することにある。それは一つの指標なのだが、それが隠しつつ指し示している意味はまさしく無である。「ヴェール」、それはそこにおいて意味と無意味の交錯する形象である。

(21) 親日家・知日派のフェリクス・レガメ Félix Régamey は、『お菊さんの桃色の手帳』(*Le Cahier rose de Madame Chrysanthème*, Bibliothèque asiatique et littéraire, 1894) の「序」で、ロチの作品を酷評し (要するに彼としては自分の愛する日本を擁護しているわけだが)、ことさらに細部の情報の誤りをあげつらっている。たとえば日本の商店の暖簾について次のように述べている。「一体お菊さんの鬱々たる友は、彼がしきりと葬式の黒幕に喩えている黒のラシャ布が掛けてある店をどこで目にしたというのだろう。それらの布はじつは日除けであって、そこには多々ある店のそれぞれの紋章が明るい色の文字で書かれてある。けっして黒ではないし、ラシャでもない。この日除けには日本人はたいてい鮮やかな紺色に染めた麻布を用いている。ときには茶色のもある。煙草屋だけが赤いのを掛けている。」事実としてはレガメのいうとおりであろう。しかしロチのエクリチュールは一般に、それがいかなるものであれ事実を不吉なもの、陰鬱なものとする、いわば対象を葬儀化する。ここでは客観的観察よりも詩的想像力がまさり、写実的価値よりも主題論的価値のほうが優勢なのである。

(22) 作品の最後に置かれたこのテクスト「観菊御苑」は、現実の時間経過からいうと作者の日本滞在の最後に位置するものではない(滞在最後の一日を語った「江戸」がそれにあたる)。

(23) ビュイジーヌの前掲書「墓標とミイラ」《Cénotaphes et momies》p.275 sq. 参照。

(24) 前章注6を見よ。

(25) ちなみに、「聖なる都・京都」も、冒頭、タイトルの《Kioto, la ville sainte》を受ける代名詞《Elle》から語りが始まっている。

(26) 「偶景」というのは、ロラン・バルトのテクスト《Incidents》を邦訳された花輪光氏の卓抜な訳語をお借りしたものである。

(27) 「見られること」は聖なるものが汚されることを含意するが、一方、「見ること」はそれがなんらかの見られる対象を前提とするかぎりにおいて聖なるものが世俗化することを意味する。皇后の視線は視線による世俗化を証す例である。皇后のなにも見ていない視線（343）と「イロニックな」視線（348）、そして語り手が盗み見する彼女の世俗化を露呈させるものとしての視線（350）を見よ。

(28) 以下の「写真」をめぐる考察のもとにあるのは、ロラン・バルトの『明るい部屋』（花輪光訳、みすず書房）である。

(29) Alain Quella-Villéger, *Pierre Loti l'incompris*, Presses de la Renaissance, 1986, p.118.

(30) Pierre Loti, *Le Roman d'un enfant*, *op. cit.*, p.217.

第三章

(1) 使用したテクストは、Pierre Loti, *La Troisième jeunesse de Madame Prune*, Éditions Proverbe, 1994。引用した箇所にはアラビア数字で頁数を付した。翻訳に際しては、大井征訳『お梅が三度目の春』（白水社、一九五二年）を参照した。

(2) *Trésor de la langue française*, éd. du CNRS.

(3) クリザンテームもまた「なかなか子どもができない obstinément stérile」（18）。彼女は結局は懐妊するが、それは物語内部の出来事ではなく、伝え聞いた情報として間接的に報告されるのみである（145）。出産に関する記述は、忌避され、物語の外へと排除されているように見える。この点、「宮島」についてのつぎのような記述は示唆的だ。すなわち、宮島は「エデンの園のような避難所」であり、そこでは「けものを殺すことも、木を切り倒すことも許されていない」し、また、「なにものも生まれる権利も死ぬ権利も持たない」（第四九章）。

(4) 「第一の青春」―― première jeunesse ないし prime jeunesse ――は、通常、人間の心理的実存的一時期としての青春というより、ヒトの生物学的生理学的時間の一部分としての青年期にかかわり、その初期ないし前半期を指す言葉である（TLF）。ちなみに、Prime jeunesse は、一九〇八年の姉マリーの死を機に書かれた自伝のタイトルである（大塚幸男訳『青春』白水社、一九三九年）。

（5） Suzanne Lafont, *Suprêmes clichés de Loti*, Presses Universitaires du Mirail, 1993, p.94.

（6） ジョゼフ・コンラッドなどについていわれる「海洋小説家」というレッテルを一義的にロチに貼ることはできない。この点、ロチがバシュラールの『大地と休息の夢想』(Gaston Bachelard, *La Terre et les rêveries du repos*, José Corti, 1948）の特権的参照対象となっているのは興味深い。

（7） 母の死に関する資料としてまず第一に挙げなければならないのは、ロチ自身の日記である。これについては、母の死の当日一八九六年一一月一二日をはさんで、一〇月一〇日から一一月一四日までの日記が一九五〇年、『国際ピエール・ロチ友の会会報』*Le Bulletin de l'Association internationale des amis de Pierre Loti* に遺族の同意を得て掲載されたが、一九八九年にはノンパレイユ社より単行本として刊行されている。Pierre Loti, *Mort de ma mère : Fragment inédit du Journal intime*, La Nompareille, 1989.

（8） 船岡末利編訳『ロティのニッポン日記――お菊さんとの奇妙な生活』前掲書、一四〇頁。

（9） 回想録『ある子供の物語』で、ロチは八歳当時の自分について語り、姉が「当時ぼくにとってはもう一人の母親のようなものであった」と述べている (Pierre Loti, *Le Roman d'un enfant, op. cit.*, p.99)。刊行者ヴェルシエの見解（*Ibid.*, p.29 sq.）も参照のこと。

（10） ロチは叔母クレールの死（一八九〇年一二月四日）を、少年時代に可愛がっていた小鳥の死に直面したときの経験と重ね合わせ、それは「ずっと前から恐れており、事前にまったくこれと同じ様相の下で思い描いていたものが現実となったもの」と記している (Pierre Loti, *Le Livre de la pitié et de la mort*, Christian Pirot, 1991, p.133.)。同様の記述が母の亡くなった当日の日記にも見られる (*Mort de ma mère, op. cit.*, p.45-46)。

（11） ロチの作品の随所にみられる普遍的憐憫の情もここに由来するものと推察できる。本書第二章「反問と憐れみ」を参照のこと。

（12） 一八九四年五月二二日の日記にある言葉 (Pierre Loti, *Cette éternelle nostalgie : Journal intime 1878-1911*, La Table Ronde, 1997)。

（13） それゆえ彼におけるいわゆるエグゾティスムは、喪の忌避であると同時に否認された喪の表現、要するに情念《パッション》＝受苦の表象とみなすことができる。

（14）S・フロイト「快楽原則の彼岸」『フロイト著作集』人文書院。

（15）ラカン的意味（「想像界 imaginaire」）というよりも、むしろウィニコットの子供の遊戯がそうであるのと同じ意味、すなわち「想像的かつ創造的 imaginative and creative」という意味で（『遊ぶことと現実』橋本訳、岩崎学術出版社）。

（16）「クレール叔母逝く」では、異郷が故郷のモードで、「ノスタルジー」をもって欲望されている。「実家に帰るたびに［…］僕はここ［＝自室の窓辺］で東洋や、他の遠い国々のことを思い出しては、懐かしむ、そんな夢見るとき、郷愁に浸るときを何時間も過ごしたものだ。そしてかの地にあっては、砂漠の蜃気楼のただなか、折に触れてこの窓辺を懐かしむのだった……」(*Le Livre de la pitié et de la mort, op. cit.*, p.144)。

（17）帰国命令の撤回（第二二章）、帰国命令（第五一章）、撤回（第五四章）。「大いに逡巡し、何度も命令が撤回されたあげく」（143）とは、否定的なモードで語られているが、帰郷と流謫とをめぐる語り手のジレンマを外在化し、テクスト自体が示すどっちつかずの態度、揺らめきを形象化しているように思われる。

（18）船岡末利、前掲書一四〇頁。

（19）とりわけ義理の母マダム・ルノンキュルの存在は重要であり、じじつ、お梅さんより彼女のほうに情動的さらには性愛的エネルギーが投入されているのは明らかである。子沢山のルノンキュルは〈母〉を代表し、その豊穣さ＝多産性においてお梅さん、そしてクリザンテーム（78）から区別される。また語り手は、十五年前クリザンテームではなくルノンキュルと契りを結ぶべきだったとこぼしているが、むしろクリザンテームと結婚したことによってルノンキュルと「母（姑）／息子（婿）」の関係が成立したからこそ、そのような欲望が生じたと解することもできよう。それも結局は「義理の」というメタ言語によってすでに脱‐魅惑化されているのではあるが。

（20）注13で述べたように、母をめぐる合目的的遊戯としての流謫について「エグゾティスム Exotisme」（内と外の想像的戯れ）を語りうるとすれば、母なき後の世界における、意味＝方向を欠き、目的＝終わりをもたない漂流については、「エグゾディスム Exodisme」（道を外れること）を語ることができよう。

(21)《caduc》はラテン語の《cadere》すなわち「落ちる」から来ており、一般に「時代遅れの」や「廃れた」を意味し、個別的には遺言や投票について「無効となった」、植物について「落葉性の」、音素について「脱落性の」などの意味をもつ。

(22)〈島〉がロチにとってユートピア的価値をもつとすれば、母方の実家があったオレロン島はロチにおける〈島〉の原形象といえる。《La maison des aïeules》in Pierre Loti, *Le Château de la belle-au-bois-dormant*, Rumeurs des Anges, La Rochelle, 1993, p.9を見よ。

(23)この外部を直接的に語っているのが*Les Derniers jours de Pékin*(『北京最後の日』船岡末利訳、東海大学出版会、一九八九)である。『お梅が三度目の春』では、中国渤海湾――「遙か遠方の不吉な枠」(129)――を舞台とする付録的テクスト「アルジェリア歩兵の帰国」において間接的に喚起されるのみである。

(24)「外から来る人に対する気持ちを表す言葉にはhostile(敵意のある)とhospitable(手厚い)がある。これらは同じ語根の言葉で、前者はラテン語のhostis(未知の人)、後者は同じくラテン語のhospes(未知の人、客人)から派生したものである。いずれも外の人をさす言葉であるが、hostisがとくに武装した外敵を意味したのに対し、hospesは「客人」を意味する言葉であった。[…]host(客をもてなす主人)はhospesの派生語hospitem(客)から派生したもので、本来語のguestは同語根である」(梅田修『英語の語源物語』大修館書店、一九八五、一三二頁)。同形異義語の「主人hôte」と「客人hôte」は、文脈に従って意味=機能を交換するだけなのである。

(25)丸山の頂点に立つ高級料亭は「閉じられ」、謎めいており、敵意をもっているようにさえ見えるが(第二九章)、実際にはとりたてて謎を秘めているわけではないことが判明する(第三二章)。日本において謎のコードはつねに相対的失望に終わるのだ。

(26)歓待を与える者について「受け取るrecevoir」といい、歓待を受ける者自身が「贈与物don」であるような、主客の転倒を含意する〈歓待〉の奇妙な経済学については、Jacques T. Godbout,《Recevoir, c'est donner》, *Communications*, 65, Seuil, 1997を見よ。

(27)「ジャポヌリJaponerie」(60-61, 94, 128, 150)については、本書第二章「はじめに――「ジャポヌリ」とはなにか」を参照のこと。

(28) ピエール・ロチ「日本の婦人たち」船岡末利編訳『ロティのニッポン日記――お菊さんとの奇妙な生活』前掲書所収。

(29) 同上書一九〇頁。

(30) この点盆栽は日本的身体のアレゴリーとなっている (p. 23を見よ)。一方、生命力にあふれ成長し膨張する身体はまれで、わずかイナモトのそれや乞食のペニスに見られるのみだが、ロチにおいて成長し膨張する身体=器官(器官としての身体)はむしろ、収縮し、腐敗し、やがて無に帰す凋落的身体の反語的形象として機能している。『秋の日本』で、日光からの帰途、立ち寄った茶屋の若い娘は語り手を魅了する。しかしながら、「かような効果[=愛、思慕、情]が現われるのは、われわれがそれから作られているところの物質、単なる物資と、その後に来る無との恐ろしい、非常に恐ろしい証拠をわれわれに示すためなのだ」(257)。

(31) 日記によると、ロチ自身、発熱をともなう病にかかり長崎で入院生活を送っている(船岡末利編訳、前掲書)。

(32) ロチにおける葬儀は、屍という不気味な中性的存在を分節化し、パラダイムに回収することによって昇華する、一種のお祓いの機能を担っている。その意味で火葬は葬儀の理想型を提供しているといえる。一方、土葬は不完全だが、ロチにおいては埋葬の儀式の過度の儀式性がその不完全さを補償しているように思われる。いずれにせよ、葬儀それ自体の不完全さ、ましてやしそこないは恐怖の念を引き起こさずにはいない。インド洋に水葬された兄ギュスターヴの屍がジュリアンにトラウマを負わせたのもこのようにして説明できる。以上の点については、アラン・ビュイジーヌの著作 (*Tombeau de Loti*, Aux Amateurs de livres, 1988 および *Pierre Loti, l'écrivain et son double*, Tallandier, 1998) を参照されたい。

あとがき

数年前パリの書店でロチの小説集と紀行文集をたまたま目にし、安価だが大部であったその二冊を帰国してから買い求め、せめて代表作だけでもと、とりあえず読んでみたところ、当時（数年前とはいえ）現在にもまして時代遅れの作家だったロチのまさしくその時代遅れなところに惹かれ、さらに読みすすめていくうちに、おのずと読むことから書くことのほうへと誘われていった。やがて書きためたものをまとめて本にしようと思い立ち、友人に相談したり、心当たりに問い合せたりした結果、幸い引き受けてもらえる出版社が見つかって、本書刊行に至った次第である。こじつけるわけではないが、筆者のロチとの出会いも「交通」と「落下」の交わるところでありえた偶然の賜であったにちがいない。

「序」でも述べたとおり、もっぱらテクスト主義的読みを企てたつもりが、筆者にとっては、その企ての端緒およびその最中と同様、本書を書き終えたいまにおいても、語る作家と語られた都市とが、その実在性において執拗に現前しつづけている。そこを不首尾として突かれれば、ことここにいたっても、同じひとつのテクストが作品と作者と都市とを貫いている、としか切り返しのしようがない。

長崎という珍妙かつ凋落的な都市のことは本論でも触れたので、ここでは作者ピエール・ロチ＝ジュリアン・ヴィオーについていうと、この珍妙きわまりない人生を生き、見失った超越性の埋め合わせであるかのような官能性（トドロフ）を湛え、一見色鮮やかなようでありながら思いのほかモノクロームな世界を創造した人物は、今後のさらなる考証に値し、さまざまな解釈に付されてしかるべきであろう（思うにロチの実証研究ほどロマネスクな魅力にあふれたものはない）。加えて、ロチがなにゆえに流行作家となり、ついで時代遅れとなって、そしていま――それが事実として――再評価されつつあるのか、文学史上の議論も待たれるところである。

聖性と俗性を同時に帯び、他愛なさとおぞましさを併せもつ「珍妙さ」といい、日本文化の「雑種性」（加藤周一）と相似た彼岸性と此岸性の混淆をかたどる「ジャポヌリ」といい、ある種の二重性がロチの魅力であることに疑いはない。それに呼応して本書の言説もおのずとある種の逆説を修辞上の原理とすることとなった。とくに「珍妙さ」をめぐる記述がもっぱら逆説に基づいているのは、「珍妙さ」の本質がまさしくその非本質性にあるとする第一章を一読すれば明らかであろう。あるいは、第二章で『秋の日本』なる書物を取り上げながら、そこに表明されているとおぼしき作者の日本観をあえて深く追求せず、「交通」という意図的に表層的なトピックをもちだして、まともな日本論を回避（忌避？）したことについても同じことがいえるかもしれない。だが、パラドクスはアンチテーゼではない。みずからの乗り越えを志向する後者とは異なり、逆説の逆説たるゆえん、その証は、それがみずからの上に折り返すことにある。けだし「珍妙さ」の珍妙なるゆえんも、その逆説の単純な逆説性にあるのではない。第三章の最後で同じ「珍妙さ」にかかわりながら、その非本質性・他愛なさとは相容れない不気味な「褻」、おぞましい「屍」に言及したことや、もっぱら水平性を意味し、平坦さを本分とする「交通」の対概念が、ともに垂直性を属性としていながら、超越性を志向する「飛躍」ではなく、逆に凋落を含意する「落下」であったことも、そうした逆説の論理（倫理？）と無縁ではない。

西暦二〇〇〇年はロチ生誕一五〇周年であった。この記念の年の二月には工藤庸子氏による『アジヤデ』の新訳（新書館）、九月には岡谷公二氏の『ピエル・ロティの館――エグゾティスムという病』（作品社）と、ロチ関連の書物が二点も刊行されたことは喜ばしいことであった。また日本語文献ではないが、初版カルマン＝レヴィ版以外の再版がなく、最近の読者には手に入れにくかった『秋の日本』の新版が、初版から百十一年ぶりに刊行されたことは特記すべき出来事であった。なお同版には、日本におけるロチ研究の泰斗船岡末利氏による「あとがき」が付されている。参考までに版元を記しておこう。

Pierre Loti, *Japoneries d'automne*, postface de Suetoshi Funaoka, Édition Kailash, Paris (France) & Pondicherry (India) 2000.

最後になるが、筆者の唐突な申し入れを快く受け入れてくださった法政大学出版局の平川俊彦氏には心より感謝申し上げたい。そして本文の校正はもとより、思いがけず入れていただいた図版のレイアウトについてもお世話くださった松永辰郎氏に、この場を借りてお礼申し上げる。

平成一二年一二月　西暦二〇〇〇年末の長崎にて

遠藤文彦

索引（人名，作品名，主要テーマ）

ア行

カ行

著者略歴

遠藤文彦（えんどう　ふみひこ）

1960年宮城県生まれ．東北大学文学部文学研究科を経てパリ第7大学にて学位取得．19〜20世紀フランス文学専攻．現在，長崎大学経済学部教授．著書：『ロラン・バルト　記号と倫理』（近代文芸社）　訳書：L. フェリー，A. ルノー他『反ニーチェ』（法政大学出版局）

ピエール・ロチ　珍妙さの美学

2001年4月25日　初版第1刷発行

著　者　©遠　藤　文　彦

発行所　財団法人　法政大学出版局

〒102-0073　東京都千代田区九段北3-2-7
電話03(5214)5540／振替00160-6-95814
印刷／平　文　社　製本／鈴木製本所

Printed in Japan

ISBN4-588-49017-6

冒険の文学〈西洋世界における冒険の変遷〉 P・ツヴァイク／中村保男訳 二四〇〇円

カフカ家の人々〈一族の生活とカフカの作品〉 A・ノーシー／石丸昭二訳 二二〇〇円

カフカ＝コロキウム C・ダヴィッド編／円子修平・他訳 二五〇〇円

ムージル読本 A・フリゼー編／加藤・早坂・赤司訳 三〇〇〇円

スターン文学のコンテクスト 伊藤 誓著 五四〇〇円

ホモ・テキステュアリス〈二十世紀欧米文学批評理論の系譜〉 荒木正純著 一六〇〇〇円

書くことがすべてだった〈回想の20世紀文学〉 A・ケイジン／石塚浩二訳 二〇〇〇円

反ニーチェ L・フェリー、A・ルノー他／遠藤文彦訳 三八〇〇円

（表示価格は税別）